KB094951

절대군림 絶代君臨

장영훈 新무협 판타지 소설
FANTASTIC ORIENTAL HEROES

절대군림 8

장영훈 新무협 판타지 소설

초판 1쇄 찍은 날 § 2009년 12월 4일
초판 1쇄 펴낸 날 § 2009년 12월 10일

지은이 § 장영훈
펴낸이 § 서경석

편집장 § 문혜영
편집책임 § 유경화
편집 § 조수희

펴낸곳 § 도서출판 청어람
등록번호 § 제1081-1-89호
등록일자 § 1999. 5. 31
어람번호 § 제2-1850호

주소 § 경기도 부천시 원미구 심곡2동 163-2 서경B/D 3F (우) 420-822
전화 § 032-656-4452 팩스 § 032-656-4453
http://www.chungeoram.com
E-mail § eoram99@chollian.net

ISBN 978-89-251-2012-6 04810
ISBN 978-89-251-1651-8 (세트)

8
FANTASTIC ORIENTAL HEROES
絶代君臨
절대군림
장영훈 新무협 판타지 소설
도서출판 청어람

目次

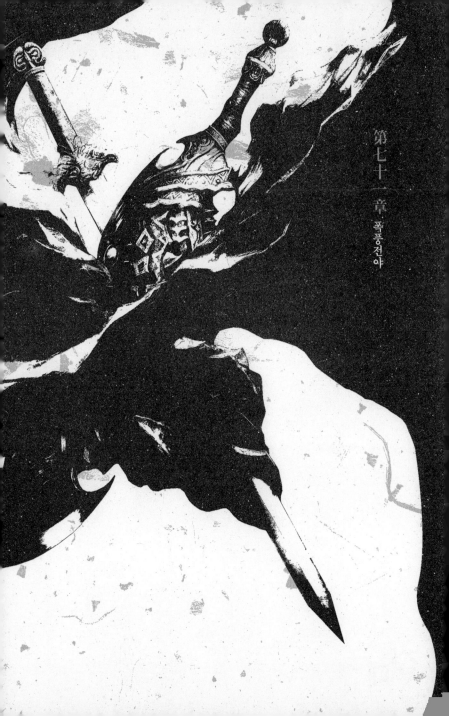

第七十一章 · 폭풍전야

絶代
君臨
절대군림

쏴아아아아아아!

빗줄기가 점점 더 거세졌다.

신창문주(神槍門主) 양필수(楊畢修)는 평소 따뜻한 차를 마시며 창밖의 비를 바라보는 것을 좋아했다.

비는 사람의 마음을 움직이는 운치를 지녔다. 친구가 생각나고, 오래전 헤어진 연인이 떠오른다. 답답한 마음을 시원하게 해주기도 하고, 술 한 잔 생각이 간절해지기도 한다.

저 쏟아지는 빗속을 하염없이 헤맨다면 모를까, 이렇게 느긋하게 관조하며 즐기는 일은 언제나 즐거운 일이었다.

하지만 오늘의 비는 달랐다.

지금 이 시간 저 빗속에서 참혹한 일들이 벌어지고 있을 것이다. 자신이 배신하지 않았다면… 일어나지 않았을 일이었다.

"걱정 마시오. 지금쯤이면 놈들은 완전 끝장났을 테니까."

양필수를 안심시킨 사람은 바로 친북천패가의 기수인 사우패였다.

양필수는 아무 대답도 하지 않았다. 그는 긴장하고 있었다.

사실 양필수의 배신은 특별하지 않았다. 많은 사람이 모이다 보면 어련히 한 명쯤 있을 법한 그런 소심하고 변덕스런 배신이었다.

창천문이란 신생 무력단체의 힘을 양필수는 끝내 믿지 못했다. 그는 자신의 배신이 완벽하지 않다는 것을 느꼈고, 이 잘못된 결정을 되돌리기에 늦지 않았다는 것 또한 깨달았다. 실수를 만회함과 동시에 막대한 이익을 얻을 수 있는 유일한 한 방법, 바로 다시 창천문을 배신하는 것이었다.

그렇게 양필수는 창천문에 회유된 가문들을 북천패가에 누설했다.

"자, 드시지요."

사우패가 차를 권했다.

억지웃음을 지어 보이며 양필수가 찻잔을 들었다. 지금 이 순간, 자신의 배신으로 수많은 사람들이 죽어가고 있다고 생각하자 마음이 좋지 않았다. 속이 울렁거리고 현기증이 났다.

"올바른 선택이었소."

애써 양심의 가책을 털어내며 양필수가 물었다.

"이쪽에선 누가 나섰소?"

그러자 방금 전의 그 사근한 태도에서 돌변해 사우패가 왜 그딴 질문을 하느냐는 표정을 지었다.

이어지는 단호한 대답.

"그건 알 것 없소."

사우패의 태도에서 양필수는 불안감을 느꼈다. 사우패의 표정 역시 묘했다. 입가에 지어진 야릇한 미소가 무엇을 의미하는지 알 수도 없었다.

접접한 것은 그뿐만이 아니었다.

양필수는 이번 일에 임하기가 직접 나설 것이라 여겼다. 이번 일은 북천패가의 근간을 뒤흔들 아주 중요한 일이었다. 당연히 임하기가 나서서 해결해야 할 일이었다. 임하기가 자신을 보며 이렇게 이야기해야 했다.

"그대로 인해 본 가가 크나큰 위기를 넘겼소. 오늘의 이 은혜 잊지 않겠소."

하지만 현실은 달랐다. 감사인사는 고사하고 아직 임하기 얼굴조차 보지 못한 것이다.

더구나 사우패가 나서다니!

사우패는 반북천패가의 인물들에게는 그야말로 최고의 기피대상이자 경계대상인 인물이었다. 거칠고 다혈질적이며 이

성적인 논리는 전혀 통하지 않는 사우패를 양필수 역시 좋아하지 않았다.

"차 맛이 아주 좋구려!"

사우패의 감탄에 양필수가 동감한다는 듯 고개를 끄덕였지만, 차 맛은 쓰디쓸 뿐이었다.

"인생을 살다 보면… 가끔은 용기가 필요한 법이지요."

위로랍시고 하는 말이겠지만 양필수는 전혀 기분이 나아지지 않았다. 단 일 할의 진심도 안 담긴 그냥 내던지는 말에 불과했다.

여전히 자신을 깔보는 듯한 사우패의 눈빛을 애써 외면하며 양필수가 정중히 말했다.

"큰 실수를 저지를 뻔한 지난 과거가 부끄러울 따름입니다."

"허허. 그야 앞으로 양 문주께서 노력하시면 능히 지난 과오를 씻을 수 있을 일이지요."

그 말에 양필수의 양미간이 꿈틀했다.

과오란 말이 비수처럼 날아왔다. 과오라니?

자신의 배신으로 북천패가는 배신자 모두를 색출해 낼 수 있었다.

큰 상을 주어도 모자랄 판이었다.

한데 사우패는 자신을 죄인 취급하고 있었다.

'빌어먹을!'

그래도 참아야 했다. 이제 이전보다 열 배는 더 북천패가를 위해 노력해야 했다.

사우패가 느긋하게 말했다.

"지금도 잘하고 계시오."

"무슨 말씀이신지요?"

사우패는 그저 알 수 없는 웃음만 지을 뿐이었다.

뭔가 불길한 기분이 치솟았다.

그 순간.

쿨럭!

기침과 함께 핏물이 섞여 나왔다.

깜짝 놀란 양필수에 비해 사우패는 담담한 얼굴이었다.

잠시 멍해 있던 양필수가 일갈했다.

"네 이놈! 차에 독을 탔구나!"

그러자 사우패가 비웃으며 말했다.

"그럼 꿀이라도 탈 줄 알았더냐?"

지금도 잘하고 있다는 말은 독을 마시며 과오를 씻고 있다는 뜻이었다.

양필수가 한옆에 세워둔 창을 움켜쥐었다.

'낭패다!'

기혈이 뒤틀리며 가슴이 찢어질 듯 아파왔다.

사우패의 싸늘한 눈초리에서 살기가 뿜어져 나왔다.

"본 가는 배신자를 용서하지 않는다. 이전에도, 앞으로도 그러지 않을 것이다."

"난 배신자가 아니잖소?"

양필수가 다급히 말했다. 한마디 할 때마다 독이 급속도로 빠르게 퍼져 나가고 있었다.

"앞으로 충성을 맹세하겠소. 그러니……."

양필수가 말문을 닫았다. 사우패의 두 눈에는 자비 대신 오직 살기만이 가득했다.

"같이 죽자!"

양필수가 온 힘을 다해 창을 찔렀다.

하지만 내력이 온전했다 해도 상대하기 힘든 상대였다.

땅!

사우패의 검이 양필수의 창을 후려쳤다.

양필수의 손아귀가 찢어지며 창이 바닥으로 떨어졌다.

자신을 향해 날아드는 검을 피하지 않은 채 양필수가 소리쳤다.

"네놈들이 이따위 심보로 어디까지 가는지 두고 보겠다!"

푸욱!

사우패의 검이 양필수의 심장을 갈랐다.

억울함에 두 눈을 부릅뜬 채 양필수가 절명했다.

시체를 걷어차며 사우패가 싸늘히 말했다.

"더러운 배신자 같으니."

사우패가 수하를 소리쳐 불렀다.

"양아, 양아!"

자신의 오른팔인 벽양(壁養)이 빗속에서 달려왔다.

"부르셨습니까?"

"들어온 소식 없나?"

"네, 아직입니다."

"그래?"

사우패가 고개를 갸웃했다. 벌써 어떤 소식이 있어야 할 시간이었다.

"생각보다 늦어지고 있습니다. 비 때문에 일이 늦어지는 것은 아닐는지."

"멍청한 소리!"

사우패의 호통에 벽양이 고개를 숙였다.

배신자들을 처단하러 간 자들은 야신대였다.

풍운성의 야신들. 그들의 존재는 공공연한 비밀이었다. 풍운성의 온갖 위험하고 더럽고 추악한 일을 도맡아 처리한다고 알려진 그들이었다. 그들은 정예 중의 정예였다. 이깟 비 따위가 그들의 발걸음을 늦출 리는 없었다.

"혹시 놈들이 우릴 배신한 것 아닐까?"

"네?"

벽양의 황당한 반응만큼이나 그건 가능성없는 이야기였다.

사우패는 초조했다. 강호에서 정해진 때에 소식이 전해지지 않는다는 것은 한 가지를 의미했다.

뭔가 일이 벌어졌다는 것.

쏟아지는 빗줄기를 올려다보며 사우패가 짤막하게 명령했다.

"일단 언제라도 출발할 수 있도록 애들 소집해 놓도록."

"알겠습니다."

벽양이 빗속으로 뛰어갔다.

"아! 그리고 말이지."

뭔가 할 말을 잊었다는 듯 사우패가 돌아섰다.

저 멀리 벽양이 멈춰 서 있었다.

"발 빠른 애를 하나 그쪽으로 다시 보내……."

사우패가 말을 멈췄다.

뭔가 이상함을 느낀 것이다. 벽양은 여전히 등을 돌린 채 빗속에 서 있었다. 자신이 말을 하는데 등을 돌린 채 서 있을 리 없었다.

스르르륵.

벽양이 세워둔 빗자루가 쓰러지듯 넘어갔다.

그 뒤로 누군가 걸어오고 있었다. 적이건이었다.

얼굴을 보자마자 사우패가 이를 바드득 갈았다.

"네놈은!"

예전에 적이건에게 수모를 당한 사우패였다.

새파랗게 어린 놈에게 당한 그 수모는 아직까지 사우패의 가슴속 깊은 곳에 상처가 되고 있었다. 물론 그만큼 적이건에 대한 두려움도 있었다. 분명 상대는 자신보다 훨씬 강했다.

이 짧은 순간에 벽양이 제압당한 것도 당연한 결과였다. 치밀한 경계망이 펼쳐진 자신의 거처까지 들어올 수 있었다는 것만 봐도 두말할 필요가 없는 실력 차였다.

"나야, 창천문주. 오랜만이군."

적이건이 여유로운 얼굴로 처마 아래까지 걸어왔다. 그 여유와 박력에 사우패가 뒷걸음질을 쳤다.

"네놈이 어떻게?"

적이건이 옷을 털었다. 빗물이 사방으로 튀었다.

"여길 왔느냐고? 볼일이 있어서 왔지. 이곳에 배신자가 숨어 있다고 들었거든."

적이건의 시선이 한옆에 쓰러진 양필수의 시체를 향했다.

"이미 끝났군."

"그래. 내가 놈을 죽였다."

적이건이 이번에는 머리를 털며 대수롭지 않게 말했다.

"배신도 습관이지. 하긴 모든 일이 처음이 어렵지 두 번째부터는 쉽잖아?"

사우패는 상대의 목표가 자신이 아니란 사실에 내심 안도했다.

하지만 이내 더 큰 불안감이 밀려들었다. 적이건의 눈빛은 여전히 도발적이었고 그 속에 노골적으로 드러나는 것은 강렬한 적의였다.

자신의 거처를 지키는 호위들은 모두 열 명이었다. 그들과 합공한다면 일말의 승산이 있을 것이다. 아니, 적어도 자신이 빠져나갈 기회는 줄 것이다.

튀어나올 때가 되었는데 나오지 않자 사우패가 소리쳤다.

"이놈들아!. 뭣들 하느냐?"

사우패의 고함에 반응이 있었다. 하지만 그가 원하는 바가 아니었다.

털썩, 털썩, 털썩!

십여 구의 시체가 연달아 바닥으로 떨어져 내렸다.

호위들이 있던 그곳에 일단의 사내들이 늘어섰다. 그들은 바로 신풍일대의 무인들이었다. 그들 가운데 무영과 신풍일대주가 서 있었다. 빗속에서 말없이 자신을 내려다보는 그들의 모습에 사우패가 두 눈을 부릅떴다.

그의 경악은 당연한 것이었다. 고수인 적이건이 이곳에 침입할 수는 있었다.

하지만 이렇게 많은 인원들이 침입해 온 것은 차원이 다른 문제였다. 더구나 가려 뽑은 자신의 호위들을 기척도 없이 해치웠다는 것은 그야말로 심장이 오그라들 일이었다.

사우패가 싸늘히 물었다.

"결국 날 노린 것이냐?"

그러자 적이건이 씩 웃으며 물었다.

"평소 자부심이 강한 편인가?"

"무슨 뜻이냐?"

"우리에게 목표가 될 정도로 대단한 존재라고 생각하기에."

사우패의 얼굴이 수치심으로 붉어졌다.

"우리 쪽 사람들을 몰살시키려 했더군."

"그들은 배신자에 불과하다!"

"그렇다고 무공을 할 줄 모르는 가족까지 죽이려 하다니. 과한 짓이야."

"후환을 남기는 것은 어리석은 자들이나 할 짓이지."

적이건의 미소가 더욱 짙어졌다.

"좋은 가르침이군."

그것이 자신에게 적용될 것이란 생각에 사우패가 흠칫 놀랐다. 하지만 그는 전혀 개의치 않았다.

가족은 그저 자신을 위해 존재하는 부수물일 뿐이다. 자신이 죽을 상황이면 함께 죽는 것이 당연하다는 것이 평소 주관이었다.

사우패가 물었다.

"한데 어떻게 그 사실을 알았지?"

풍운성이 배신자들을 처단하러 나선 것은 기밀 중의 기밀이었다. 자신을 비롯한 일부 장로급 인사들만 알고 있는 사실이었다.

"강호에 비밀은 없는 법이지."

사우패의 눈이 가늘어졌다.

"그렇다면 그 또한 알겠군. 상대를 잘못 골랐다는 것을."

하지만 협박이 통할 리 없는 상대였다.

"혹시 네가 믿고 있는 자들이 야신대라는 멍청이들인가?"

사우패가 흠칫 놀랐다.

'정말 야신대까지 알고 있었군. 설마? 아니야, 그럴 리가 없지. 야신대가 어떤 자들인데.'

이어지는 적이건의 말은 그의 기대를 송두리째 무너뜨렸다.

"그들은 이미 다 죽었다."

"뭣이?"

"뒤처리 문제라면 걱정 마. 내가 확실히 묻어줬으니까."

너무 놀란 사우패는 적이건의 다음 말이 귀에 들어오지 않았다.

사우패가 버럭 소리쳤다.

"그깟 헛소리를 믿을 줄 알았더냐?"

"그건 네 자유지만… 그건 그렇고 고함 좀 지르지 마라. 귀청 떨어지겠네."

왠지 모를 적이건의 자신감에 사우패는 주눅이 들었다. 뭔가 크게 일이 잘못되었다. 어떻게든 이곳을 탈출해 이 사실을 알려야 했다.

그 무엇보다 죽기 싫었다. 임하기에게 출세점수를 많이 따둔 상태였다. 임하기의 시대가 본격적으로 열리면 자신은 제이의 전성기를 맞게 될 것이다. 그 엄청난 권력과 부귀영화를 눈앞에 둔 상태에서 죽을 수는 없다. 게다가 이렇게 비가 추적추적 내리는 날이라면 더욱더.

적이건이 천천히 다가서자 사우패의 뒷걸음질이 바빠졌다.

"자, 잠깐! 한 가지만 묻자!"

"얼마든지."

"도대체 누가 그들을 죽였단 말이지?"

사우패는 비록 상대가 자신의 처소까지 침입해 자신을 압박하고 있지만, 그렇다고 야신대를 해치울 정도는 아니라고 확신하고 있었다.

그러자 적이건이 의미심장한 미소를 지었다.

"좋아. 죽을 목숨이니 알려주지. 그들을 처리한 것은 백호대다."

"백호대라면? 남악련? 그들이 왜?"

"네놈들이 아주 약은 짓을 저질렀더군. 그쯤이면 무슨 말인지 알 텐데?"

사우패의 인상이 일그러졌다.

대충 알 것 같았다. 무한에서 남악련과 풍운성을 양패구상하게 만들 계책이 어긋난 것이다. 자신들이 희롱당한 것을 알아차린 남악련이 선수를 친 것이리라. 물론 그 과정에 저 창천문주란 놈이 깊이 관여했을 것이다.

'어서 가주께 이 사실을 알려야 해!'

사우패의 마음이 급해졌다. 어떻게든 이곳을 빠져나가야 했다.

그때 한 가지 방법이 떠올랐다. 언젠가 이런 날을 대비해 만들어둔 비밀 통로가 있었다.

문제는 그곳까지 무사히 갈 수 있느냐였다.

사우패가 천천히 뒷걸음질을 치며 말했다.

"그럼 너희는 남악련과 손을 잡은 것이냐?"

최대한 상대가 눈치 채지 못하게 사우패는 침착하려 애썼다.

"그렇지는 않아. 단지 그들에게 상황을 알려줬을 뿐이지."

"빌어먹을. 그렇게 된 것이군."

사우패는 긴 복도를 뒷걸음질쳤다.

다행히 적이건은 느긋하게 다가서고 있었다.

자신의 방 안에 들어선 사우패는 심장이 벌렁거렸다.

'조금만 더, 조금만 더.'

이윽고 그가 비밀 통로가 있는 벽에 기대섰다.

그의 눈가에 살짝 여유로움이 스쳤다.

"창천문 따위가 우릴 상대할 수 있다고 생각하느냐?"

"두고 보면 알겠지."

적이건이 스윽 지옥도를 뽑아 들었다.

그 순간.

덜컹.

벽이 빠르게 회전했다. 벽에 기대서 있던 사우패가 순식간에 벽 뒤로 사라졌다.

꽝! 꽝!

벽을 강타하는 소리가 들려왔다.

비밀 통로를 내달리는 사우패가 그 와중에 비웃음을 흘렸다.

'흥! 쉽게 부서질 문이 아니지!'

그렇게 그는 탈출에 성공했다.

하지만 그는 결코 알지 못했다. 적이건이 장난치듯 문을 두드리고 있었다는 것을. 일부러 자신을 탈출시킨 것이란 것을.

사우패의 기척이 멀리 사라지자 그제야 적이건이 돌아섰다.

"그래, 가서 한마디도 빼놓지 말고 제대로 전해야 한다."

어느새 따라 들어온 무영이 미소를 지으며 서 있었다.

"제대로 걸려든 것 같습니다. 백호대에 야신대가 당했다는 것을 알게 된다면 풍운성은 절대 가만있지 않을 겁니다."

"그렇지? 이호경식계(二虎競食計)를 쓰려면 이 정도는 과감하게 써야지."

두 사람이 마주 보며 씩 웃었다.

"한데 아가씨와 함께 계셔야 하지 않습니까? 이곳 일은 제게 맡기시지요."

"아냐. 일단 할 일부터 해야지."

"섭섭해하실 겁니다."

양씨도문에서 잠시 차련과 재회한 후 별다른 이야기도 못 나누고 곧바로 이곳으로 온 적이건이었다.

"그럼 안 되지. 죽다 살아온 건 나라고."

"하지만 사람 마음이란 것이 어디 그렇습니까? 더구나 아가씨라면 더하겠지요. 걱정 많이 하셨습니다."

"조금만 참으라고 해."

그러자 무영이 장난스럽게 적이건을 훑어보았다.

"무정해지셨습니다. 놈들에게 성격개조라도 당하신 겁니까?"

"말도 꺼내지 마! 정말 당할 뻔했으니까."

농담이 진담이 되자 무영이 깜짝 놀랐다.

적이건이 고개를 끄덕였다.

"그때 그놈들 기억나?"

눈치 빠른 무영이 예전의 약에 취한 자들을 떠올렸다.

"놈들이 돌팔이 하나를 두고 그들을 만들어내고 있더군."

무영이 고개를 내저었다. 그야말로 용서받을 수 없는 짓이었다. 강시조차 강호에서 온갖 지탄을 받는데, 하물며 그들은 산 사람들이었다.

무영이 조심스럽게 물었다.

"비연회는 어떻게 됐습니까?"

"회주와 몇은 놓쳤어."

사실 놓쳤다는 표현보단 보내줬다는 표현이 옳을 것이다.

무영이 심각한 표정을 지었다. 어떤 상황인지 자세히 들어봐야겠지만 유설하 혼자서는 감당할 수 없는 상황이었음이 틀림없었다. 그만큼 상대의 전력을 무시할 수 없다는 뜻. 결국은 어떤 식으로든 비연회와는 끝장을 봐야 할 것이다.

적이건이 씩 웃으며 말했다.

"일단 이 일부터 마무리 짓자고."

*　　　*　　　*

"뭐라고? 야신대가 당했다고요?"

사우패의 보고에 임하기가 깜짝 놀랐다. 낭패한 표정으로 들이닥친 사우패의 보고는 생각지도 못한 것이었다.

"어떻게 그런 일이?"

"남악련의 짓입니다."

남악련이란 말에 임하기가 기겁한 표정으로 벌떡 일어났다.

"정보가 샜습니다. 창천문에서 그들에게 정보를 흘렸습니다."

"창천문이!"

창천문이란 말을 듣는 순간 적이건의 얼굴이 떠올랐고 동시에 임하기의 인상이 잔뜩 찌푸려졌다. 정말 떠올리기조차 싫은 얼굴이었다.

"야신대의 피해가 어떻게 되오?"

"전멸한 것 같습니다."

"전멸이라고요!"

임하기는 더 이상 아무 말도 잇지 못했다. 이 상황을 어떻게 처리해야 할지 그는 알지 못했다.

다행히 그에게는 또 다른 조력자가 있었다.

"오히려 잘되었습니다."

봉수찬이 나선 것이다.

봉수찬의 생각에 임하기와 사우패가 귀를 기울였다.

"어차피 저희들의 계획이 양측이 다투게 하는 것이지 않습니까?"

"그렇긴 하지요."

임하기는 일이 이렇게 급박하게 돌아가는 것이 불안한 것이다. 더구나 적이건이 개입해 있다는 것이 너무나 마음에 걸렸다.

봉수찬이 차분히 말했다.

"일단 풍운성주에게 이 사실을 알려야 합니다. 풍운성주는 이번 일이 저희들의 음모라 생각할 수 있습니다."

풍운성을 조력자로 끌어들인 북천패가로서는 그건 최악의 상황이었다.

"절대 있어선 안 될 일이오!"

"그렇지요. 또한 그들 양측의 힘의 균형이 깨어져선 안 됩니다. 풍운성이 이대로 당하면 다음 목표는 저희가 될 겁니다."

봉수찬의 말이 끝나기도 전에 임하기가 벌떡 일어났다.

"일단 풍운성주에게 연락하세요."

상황은 매우 바쁘게 돌아가기 시작했다.

　　　　*　　　　*　　　　*

　콰아아앙!

　풍운성주 사도백의 분노는 눈앞에 보이는 모든 것을 가루로
만들고도 또다시 부서 버릴 무엇인가를 찾게 만들었다.

　꽝!

　다시 한옆에 세워진 석등이 부서져 나갔다.

　그나마 다행한 일은 보고를 들은 것이 정원이었기에 집무실
이 무너지는 일은 피할 수 있었다.

　총군사 홍신은 그저 말없이 주인의 화가 풀리길 기다렸다.
그들에게서 조금 떨어진 곳에 서 있는 탄탄한 근육질의 중년
사내 역시 마찬가지였다.

　그는 풍운성이 자랑하는 풍운철기대의 대주 악소명(岳素冥)
이었다. 눈을 지그시 내리깐 그는 마치 철탑처럼 당당했다.

　그렇게 한바탕 내력을 쏟아내고 나서야 사도백이 자리에 앉
았다.

　여전히 화가 풀리지 않았는지 씩씩거리며 탁자 위의 찻잔을
노려보고 있었다.

　그마저 깨뜨리고 나면 입을 열 요량이었는데, 사도백은 찻
잔을 부수지 않았다. 대신 차분히 차를 마셨다.

　"전멸이란 말이지?"

"그러합니다."

"확실한가?"

"확실합니다."

"그 상대가 남악련의 백호대고?"

"그렇다고 합니다."

"전멸한 것은 확실하고 대상은 확실하지 않다?"

"북천패가에서 알려온 내용이니까요."

사도백이 다시 긴 한숨을 내쉬었다. 분노를 최대한 억누르기 위함이었다.

애써 키운 야신대가 전멸한 것도 화가 나는 일이지만, 그보다 더욱 그를 분노케 하는 것이 그 상대가 백호대였기 때문이었다. 그 말은 곧 야신대가 백호대보다 실력이 낮다는 의미였다. 물론 북천패가나 남악련에 비해 한 수 아래의 세력을 지닌 풍운성이었다. 그것은 또 다른 사패인 흑도방 역시 마찬가지였다.

하지만 풍운성이 남악련에게 밀리는 것과는 별개로, 야신대가 백호대에게 밀린다는 생각은 해본 적이 없었다. 양패구상이라면 모를까, 일방적인 전멸이라니? 그건 절대 이해할 수 없는 결과였다.

그런 주인의 마음을 모를 리 없는 홍신이었다.

"기습이었을 겁니다."

"그랬겠지."

"독을 사용했을 가능성도 큽니다."

사도백이 묵묵히 고개를 끄덕였다. 그렇지 않고서는 이백 명이나 되는 야신대가 전멸을 당할 리 없었다.

"그럼에도 놈들의 피해도 꽤 컸을 겁니다."

당연히 그랬을 것이다. 당연히 그랬어야 한다.

"일단 조사하러 나간 애들이 돌아오면 확실해질 겁니다."

"그때까지 참자고?"

"네."

"너무 늦어."

"그렇다고 지금 움직일 수는 없습니다."

사도백의 안광에서 무시무시한 살기가 뿜어져 나왔다. 그가 얼마나 화가 나 있는지 잘 알았지만 그랬기에 홍신은 더욱 신 중했다.

"놈들의 술책일 가능성도 배제할 수 없습니다."

"놈들이라면 누굴 말하는 것인가?"

"북천패가에서 꾸민 일일 수도 있습니다. 애초에 우리 측에 너무나 유리한 계약이었습니다. 전 그게 마음에 걸립니다."

이미 야신대를 출동시키기 전, 홍신이 했던 충고였다.

임하기가 애송이에 불과하다며 듣지 않았다. 하지만 이제 상황은 달라졌다.

홍신은 여러 가지 가능성을 염두에 두고 있었다.

"물론 그들의 말처럼 남악련이 독자적으로 일을 저질렀을 가능성도 있습니다."

사도백은 후자에 더욱 강한 심증을 두었다.

임하기는 분명 자신이 필요한 상황이었다. 남악련과 손을 잡고 자신을 제거하려는 것이 아닌 다음에야 자신을 공격할 까닭이 없다.

"하지만 그 어떤 경우라 해도 신중하게 움직여야 합니다. 백호대가 아닐 일말의 가능성을 결코 놓쳐서는 안 됩니다."

"흐음."

사도백이 조금 못마땅한 표정으로 두 눈을 지그시 감았다.

홍신의 말이 옳았다.

하지만 세상은 모사의 정연한 논리로 돌아가는 것은 아니다.

모사들이 강호를 지배하지 못하는 이유도 그 때문이다.

기세란 것이 있다. 실리는 조금 손해를 보더라도 절대 양보해서는 안 될 것들이 있다.

자신의 삼대주력 중 하나가 통째로 날아갔다.

이런 상황에서 모든 내막이 밝혀지기만을 기다린다는 것은 있을 수 없는 일이었다. 그럴 리는 없겠지만 만약 내막이 밝혀지지 않는다면? 후회할 때 후회하더라도 지금은 움직일 때다.

사도백의 시선이 말없이 서 있는 악소명에게로 향했다.

"자네 생각은?"

"일단 쓸어버리고 난 후 생각하실 문제입니다."

과연 풍운철기대주다운 대답이었다.

홍신이 다급하게 말했다.

"만약 계략이라면 우린 남악련과 불필요한 싸움을 하게 될 겁니다."

그러자 악소명이 나직이 되물었다.

"그들이 아니라면 대체 누가 그 일이 가능하겠소?"

그 말에 홍신은 아무 대답도 하지 못했다. 이 강호에 야신대를 전멸시킬 수 있는 단체는 많지 않았다.

더없이 차분한 명령이 내려졌다.

"준비하시게."

그들과 십여 장 떨어진 담 너머에 두 사람이 기대서 있었다. 적이건과 무영이었다.

무영이 조심스럽게 말했다.

"쉽게 움직이진 않을 겁니다."

"그렇겠지."

"특히 총군사인 홍신은 매우 신중한 자입니다. 어떻게 해서든 전면전이 일어나는 것을 막을 겁니다."

"확 죽여 버릴까?"

농담 반 진담이었다. 자고로 똑똑한 군사가 낀 집단을 흔드는 일만큼 어려운 일은 없으니까.

무영이 피식 웃자 적이건이 눈에 힘을 줬다.

"왜 웃지? 암살이라고 내가 못할 것 같아?"

그러자 무영이 깜짝 놀라 물었다.

"진심이십니까?"

"그럼. 못할 것 없지. 전쟁이잖아."

무영이 잠시 적이건을 응시했다.

단호한 눈빛에 예전과 달라진 적이건을 느꼈다. 좋다면 좋고 나쁘다면 나쁜 변화였다. 이번에 납치되었을 때 어떤 나쁜 일이라도 있었던 것일까?

적이건이 무영의 그러한 걱정을 읽어냈다.

"피도 눈물도 없이 잔인한 살인마가 된 건 아니니까 걱정마. 다만 이제부터 이번 싸움을 다른 시각으로 보기 시작한 것이니까."

무영은 적이건이 이제 진짜로 덤비려 한다는 것을 느꼈다.

'도련님.'

묘한 긴장감에 가슴이 두근거렸다. 사실 그것은 걱정에 가까운 긴장감이었다. 적이건이 진짜로 덤빈다면 그만큼 더 위험해질 것이다.

물론 나쁜 점만 있는 것은 아니다. 어떤 의미의 성장이든 분명 대가가 필요한 법이니까.

그때 담장 너머에서 인기척이 들렸다.

두 사람이 조용히 발걸음을 옮겨 담장에서 멀어졌다.

너무나 신속하고 가벼운 움직임이어서 담 너머 번을 서던 무인들은 두 사람의 기척을 발견하지 못했다.

두 사람이 어깨를 나란히 한 채 걸음을 옮겼다.

적이건이 차분히 말했다.

"물론 홍신을 죽이거나 납치하는 것은 좋은 방법이 아니지."

무영이 눈빛으로 이유를 물었다.

"군사를 잃으면 오히려 지금보다 더 바짝 얼어붙을 테니까. 더 조심스러워질 거야."

"그렇겠군요. 이 문제는 팔방군사와 의논해 보는 것이 좋겠습니다."

"알아서 처리해 줘. 난 돌아가면 부모님부터 뵙고, 련이도 봐야 하고. 좀 바쁘겠군."

"걱정 마십시오. 제가 알아서 처리하겠습니다."

"고마워."

잠시 그렇게 걸어가던 무영이 불쑥 말했다.

"무사히 돌아오셔서 기쁩니다."

무영의 마음이 전해져 적이건의 가슴이 짠해졌다. 무영이 얼마나 걱정하고 있었는지는 보지 않아도 알 수 있었다. 이미 무영은 가족 그 이상의 가치였다.

"뭐가 기뻐. 이제부터 마구 부려먹을 텐데."

"기다리던 바입니다."

"아까 잠시 들으니… 얼치기 놈들에게 당해 고생했다면서."

그러자 무영이 고개를 숙였다.

"면목없습니다."

"그래야지! 무영이 당하는 건 내 자존심이 허락하지 않아."

"죄송합니다."

"특훈이야! 특훈!"

무영은 정말 특훈을 해야겠다고 마음먹고 있었다. 상대가 강하긴 했지만 벌써 두 번이나 당했다. 앞으로 적이건을 위해서라도 있어서는 안 될 일이었다.

적이건이 차분히 말했다.

"나도 이번에 느낀 바가 있어."

"뭡니까?"

"요즘 무공 수련에 너무 소홀했어."

소홀해도 될 만큼 충분히 적이건은 강했다. 그런 적이건을 자극한 것이 무엇이건 간에 바람직한 일이란 생각이 들었다.

"진짜로 덤비려면, 진짜가 되어야 해."

적이건의 비장한 말에 무영이 미소를 지었다.

'그래, 이렇게 나아가는 겁니다. 가다 보면 끝이 나오겠지요.'

끝까지 적이건을 모시고 가고 싶었다. 그러려면 자신 역시 더 강해져야 할 것이다.

분위기를 바꿀 요량으로 무영이 싱긋 웃었다.

"왜 웃어?"

"오늘 아가씨와… 좋으시겠습니다."

"좋긴."

"후후후."

"그렇게 웃지 말랬지?"

"역시. 이 웃음을 경계하시는 것을 보니… 세뇌당해서 돌아오신 것은 아니군요."

"긴장하고 있었던 거야?"

"저 말고 세뇌당한 사실을 알아볼 사람이 있겠습니까? 저라도 긴장해야죠."

"세뇌라도 당했다면 큰일 날 뻔했군."

"제가 고통없이 보내 드렸을 겁니다."

"하. 하. 하."

"후후후."

"그렇게 웃지 말라니까!"

"그냥 최종 확인이었습니다."

오랜만의 수다에 흥겨워진 두 사람은 이내 붉은 노을 속으로 사라졌다.

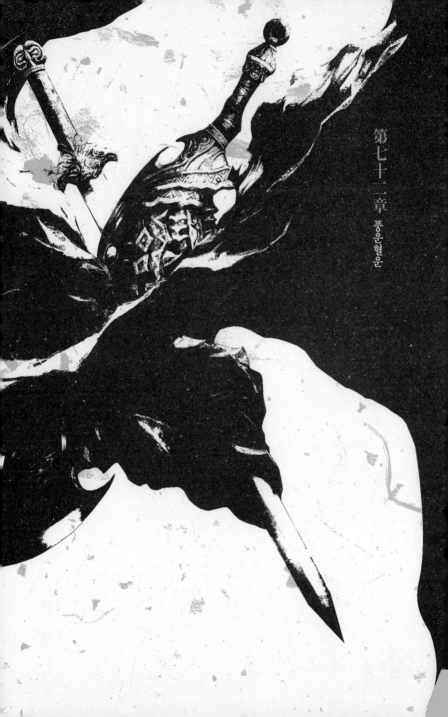

第七十二章 풍운형운

"당신이 그럴 줄은 몰랐어요."

그 말을 듣는 순간 적수린은 당황해서 어쩔 줄을 몰랐다.

원망에 찬 눈빛으로 자신을 쳐다보는 유설하는 분명 진심으로 화를 내고 있었다.

"그, 그러니까 비연회주가 나와 관련이 있다는 말씀이시오?"

"왜 말을 더듬으시죠?"

"더듬지 않았소."

"당신이 바람둥이일 줄은 정말 몰랐어요."

유설하의 싸늘한 눈빛에 적수린이 침을 꿀꺽 삼켰다. 아내가 이렇게 화를 낸 적이 있었던가?

문제는 그게 아니었다.

도대체 비연회주가 누구기에 자신과 관련이 있다는 것일까?

"난 결백하오!"

물론 유설하와 혼인을 한 이후에 다른 여인을 만난 적도, 만나려 한 적도 없었다.

하지만 그전이라면? 두세 명의 여인이 머릿속을 스쳐 지나갔다.

그냥 십대의 나이 때, 감정이 오고 갔던 여인들이었다. 잠시였지만 마음을 줬던 여인들이 있었다. 혹시 그녀들 중 한 명일까 싶어 적수린이 긴장한 것이다.

당황해하는 적수린의 코앞으로 유설하가 바짝 다가섰다.

"어라? 정말 있었나 본데요?"

그녀의 얼굴에서 싸늘함이 사라지며 이내 장난스런 표정으로 바뀌었다.

그제야 아내가 장난을 쳤다는 것을 알고 적수린이 내심 한숨을 쉬었다.

뭔가 다 알겠다는 눈빛으로 자신을 바라보는 유설하를 보며 적수린이 강하게 항변했다.

"난 결백하다니까요!"

"그러시면 더 수상해요."

"당신이 자꾸 그런 눈으로 날 보니까 그렇지 않소."

"변명치곤 너무 궁핍하군요."

"허허허."

얼굴까지 붉어진 남편을 보며 유설하가 위로하듯 말했다.

"괜찮아요. 혼인 전의 일이잖아요. 충분히 있을 수 있는 일이지요."

그러자 대번에 적수린의 표정이 굳어졌다.

"그게 무슨 뜻이오? 설마 당신? 나 만나기 전에……."

적수린이 차마 더 이상 말을 잇지 못했다.

유설하가 당연하다는 표정으로 어깨를 으쓱했다.

"어렸을 때니까요."

"뭐요?"

"이제는 다 잊었어요. 걱정 마세요."

"뭐요!"

"원래 첫사랑은 이뤄지지 않는 법이잖아요."

"당신!"

벌겋게 달아오른 적수린을 보며 다시 유설하가 깔깔거리며 웃었다. 세상에서 제일 속이기 쉽고 놀리기 좋은 사람이 남편이다. 그 순진함이 자신을 향한 사랑에서 시작된 것임을 잘 알았기에 이럴 때의 남편은 언제나 귀엽게 느껴졌다. 그 누구보다도 강한 사람임을 알기에 더욱 그러했다.

다시 유설하가 장난을 쳤다는 것을 알아차린 적수린이 못 말린다는 듯 고개를 내저었다.

비로소 유설하가 진지하게 말했다.

"그녀는 당신이 아는 사람이에요."

유설하가 비연회주에 대해 이야기를 해주었다.

그녀에 대해 듣자 적수린은 깜짝 놀랐다. 모든 일이 자신에게서 비롯되었다는 사실에 충격을 받았다.

유설하의 짐작대로 적수린은 그녀를 기억하고 있었다.

하지만 그녀의 존재는 이웃에 살았던 좋은 여동생 그 이상도 이하도 아니었다. 기억나는 것은 매우 착했다는 정도였다.

유설하의 이야기가 끝나자 적수린이 긴 한숨을 내쉬었다.

"그 아이에게 그런 일이 일어났다니."

적수린은 그녀의 마음을 이해할 수 있을 것 같았다.

전쟁 때문이었다. 자신의 가문이 그곳을 떠나야 했던 것도, 탈영한 마인들이 그녀의 가문을 침입하게 된 것도. 모두 정마대전 때문이었다. 그녀의 원한은 시대가 만든 것이다.

"결국 내 책임이 크오."

적수린은 그 책임을 자신에게서 찾았다. 그래서 아내에게 면목이 없었다.

적수린의 자책에 유설하가 고개를 내저었다.

"그 전쟁에 많은 사람들이 가족을 잃었어요. 하지만 그들 모두가 그런 끔찍한 원한을 키우며 살아가진 않아요. 물론 과거의 일이 현재의 그녀에게 큰 영향을 끼쳤을 거예요. 하지만 그것이 면죄부는 될 수 없어요. 강호를 전복하려는 그녀의 야망은 원래부터 그녀의 것이에요."

적수린이 묵묵히 고개를 끄덕였다.

아내다운 결론이었다. 물론 자신은 그보다는 비연회주를 더 이해하는 입장이었다. 그런 환란을 겪지 않았다면 적어도 지금의 상황이 되지는 않았다고 생각했다.

문제는 그것이 아니었다.

"그녀는 계속 우릴 노릴 거예요. 어쩌면 이전보다 더 냉정해진 그녀는 상대하기 더욱 어려울 거예요."

"내가 책임지고 그녀를 찾겠소."

적수린의 말에 유설하가 미소를 지었다. 남편이라면 반드시 그녀를 찾아낼 수 있을 것이다. 그녀를 죽일 수 있을까? 어쩌면 그럴지도 모른다. 하지만 남편이 해야 할 일이 아니란 생각이 들었다.

이번 일은 자신이 해결해야 할 일이었다.

그리고 나아가.

"이번 일은 건이에게 맡기도록 하죠."

"위험하지 않겠소?"

"위험하겠지요. 하지만 그만큼 건이를 성장시키는 계기가 될 거예요."

적수린이 묵묵히 고개를 끄덕였다.

물론 무조건 아들에게 맡기자는 것은 아닐 것이다. 조용히 지켜보며 힘이 되자는 말이었다.

"그럽시다."

두 사람이 마주 보며 웃었다.

그때였다.

방문이 열리며 적이건이 안으로 들어왔다.

적이건을 보자 적수린의 표정이 환하게 밝아졌다.

"무사해서 다행이다."

성큼성큼 다가가 적수린이 힘차게 적이건을 껴안았다. 아버지의 갑작스런 포옹에 적이건이 당황했다. 어색했지만… 싫지는 않았다.

아버지와의 포옹은 정말 오랜만의 일이었다. 어려선 참 자주 안아주셨는데. 언제부터였을까? 이 간단하고 단순한 행동이 어느 순간 너무나 어색하고 힘든 일이 되어버렸다.

"별일 아니었어요."

적이건이 대수롭지 않다는 듯 대답했다.

적수린이 미소를 지었다. 자신을 대하는 아들의 태도가 조금 부드러워졌다는 것을 느꼈다.

"아버지 옛 정혼자도 보고. 좋았어요."

적이건의 농담에 적수린이 난감하게 웃었다.

"예끼! 애비를 놀리는 것이냐?"

그러면서 내심 기분 좋은 적수린이었다.

"이제 앞으로 어쩔 작정이냐?"

적이건은 대답을 아꼈다. 잠시 눈을 감고 생각을 정리한 후에야 차분히 말했다.

"제가 걸어가는 길은 많은 피를 봐야 할 길이란 것을 잘 알고 있습니다. …하지만 제가 아니라도 누군가는 걸어갈 길이기도 하지요. 그래서 제가 걸어가기로 마음먹었습니다. 잘할 수 있을지는 모르겠습니다. 하지만 적어도 부끄러운 길을 걷지는 않겠습니다."

지금 이 순간 아들에게 필요한 것은 더 잘하라는 채찍질도, 그 마음을 잊지 말라는 충고도 아니란 생각이 들었다.

적수린이 말없이 적이건의 어깨를 두드려 주었다.

그날 밤.

창천문 내 자신의 숙소 앞 화원에 적이건이 홀로 앉아 있었다.

마음을 평온하게 해주는 달빛이 은은하게 흐르고 있었다. 멀리서 새소리가 들려왔다. 적이건의 숙소는 창천문의 모든 곳들 중 가장 심혈을 기울여 만들어진 곳이었다.

하지만 적이건은 주변의 좋은 풍경과는 대조적인 아주 무서운 것을 떠올리고 있었다. 바로 어머니의 천마혼이었다.

천마혼의 모습이 마음속에서 지워지지 않았다.

구화마공을 배워서일까? 천마혼을 떠올리면 가슴이 두근거렸다.

두려운 마음보단 자신도 불러내고 싶다는 열망에 사로잡혔다.

과연 자신이 그 무서운 것을 불러낼 수 있을까?

적이건이 화원 옆 작은 바위에 비스듬히 몸을 기댔다.

"좋구나."

천마혼에 대한 상념을 떨쳐 내며 달을 향해 손을 내밀었다. 손등을 타고 흐르는 달빛이 너무나 고와 악귀문신조차 아름다워 보였다.

그리고 기다렸던 사람이 다가왔다. 달빛이 더욱 환해졌다는 착각을 불러온 여인, 차련이었다.

"한잔할래?"

옆에 나란히 앉는 차련의 손에는 술병이 들려 있었다.

"잠이 안 올 것 같아서. 잠자리 바뀌면 잘 못 자잖아?"

적이건이 피식 웃었다.

"잠 안 온다고 술 마시는 습관은 안 좋은데."

"기껏 신경 써줬더니. 좋아, 나 혼자 마시지 뭐."

살짝 토라진 그녀의 모습이 너무나 귀엽게 느껴졌다.

적이건이 차련의 손에 들린 술병을 낚아챘다.

"화나서 마시는 술은 더 좋지 않지."

적이건이 병째로 한 모금 마신 후에 차련에게 건넸다.

차련이 물처럼 시원하게 마시더니.

"캬!"

갖은 인상을 썼다.

"술꾼 다 되었는걸? 그러고 보니 안주도 준비하지 않았군."

"자꾸 마시니 맛있어."

차련의 말에 적이건이 고개를 내저었다.

"위험해. 위험한 여자야."

"뭐 사람도 여럿 죽였는데."

농담처럼 말하고 있지만 농담이 아니란 것을 안다.

그녀에게는 정말 힘든 일이었을 것이다. 더 큰 문제는 이러한 죄책감은 시간이 지날수록 더 크게 작용한다는 점이다. 아예 익숙해지면 모를까. 하지만 그녀는 살인에 익숙해질 성격이 아니다. 어떻게든 풀어줘야겠다고 마음먹었다.

"그렇게 마후의 길을 걷는 거지."

"그런가?"

"한 오십 명쯤 죽이면 강호에 소문도 나고 슬슬 주위에서 알아봐 주겠지. 시비 거는 놈은 확실히 줄어들 것이고. 그러다 한 백 명쯤 넘어가면 다들 눈도 못 마주치는 거지. 인간관계 하난 확실히 정리되는 거야. 하하하."

"그거 괜찮은걸?"

"어차피 한 번 사는 인생!"

"갈 데까지 한 번 가봐?"

말해놓고도 우스운지 차련이 깔깔거렸다.

그런 그녀를 보며 적이건이 미소 지었다. 누군가를 위로할 때, 너무 배려하는 것은 오히려 도움이 되지 않는다는 것을 경험으로 깨달았다. 깊고 아픈 상처일수록 터놓고 이야기하는 것이 더 좋은 법이다.

적이건이 조금 진지한 표정으로 말했다.

"애초에 검을 든 이상 피해갈 수 없다."

차련이 묵묵히 고개를 끄덕였다.

원칙적으로는 맞는 말이지만 현실과는 다른 말이기도 했다. 나를 만나지 않았다면 그 모든 일을 겪지 않아도 되었을 테니까. 그녀에게 미안한 생각이 들었다.

그래서 물었다.

"후회해?"

"너 만난 거?"

눈치도 빠르지. 이래서 좋다니까.

"내가 후회하는 것 같아 보여?"

"아니."

"그런데 왜 물어?"

"직접 듣고 싶어서."

"싱겁긴."

그녀가 싱긋 웃었다.

"오히려 고마워."

"뭐가?"

"내 앞에 나타나 줘서. 그날 내게 말을 걸어줘서."

차련은 다시 한 번 적이건과 만나던 날을 떠올렸다. 인파 속에서 자신에게 말을 걸던 적이건의 모습이 떠올랐다. 이제 영원히 잊지 못할 순간으로 기억된 그날이었다.

적이건의 얼굴이 천천히 차련에게 다가갔다.

그녀는 거부하지 않았다. 살며시 감은 그녀의 눈꺼풀이 파르르 떨렸다.

두 사람의 입술이 마주쳤다.

그녀의 입술에선 향기가 난다. 너무나 향긋해서 떨어지기 싫을 정도로.

깊은 입맞춤이 끝나고 두 사람이 천천히 떨어졌다.

차련의 얼굴은 부끄러움에 상기되어 있었다. 그녀는 적이건을 마주 쳐다보지 못했다.

적이건이 그녀의 손을 마주 잡자 기분 좋은 따스함이 전해져 왔다.

그 기쁨만큼이나 큰 걱정이 적이건에게 밀려들었다.

앞으로 얼마나 많은 위기가 기다리고 있을까?

하늘이 정해준 그녀의 마지막 날까지 내가 지켜줄 수 있을까?

혹시 나를 만나서 그날이 앞당겨진 것은 아닐까?

내가… 그녀보다 먼저 죽을 수 있을까?

…그래야 할 텐데.

그런 적이건의 마음을 느낀 것일까?

맞잡은 차련의 손에 힘이 들어갔다.

"걱정 마."

"그래."

"우린 잘해 나갈 수 있을 거야."

적이건이 든든한 미소로 대답을 대신했다.

차련이 조심스럽게 덧붙였다.

"그리고 한 가지 부탁이 있어."

"뭐지?"

"나도 네 일을 돕고 싶어."

차련의 표정은 더없이 진지했다.

이제 그녀는 적이건의 일이 곧 자신의 일이라 생각했다. 그렇다면 자신도 나서서 돕고 싶었다. 뒤에서 발만 동동 구르며 걱정하고 싶지 않았다.

적이건이 차분히 말했다.

"네가 맡아줬으면 하는 일이 있어."

"뭐지?"

"전에도 한 번 말했는데. 기억 안 나?"

"설마?"

"그래. 창천문의 안살림을 맡아줘. 지금 우리에게 총관이 없어."

"하지만……."

"돈에 대한 개념이 없다고? 그래서 두렵다고? 그런 건 다 배우면 돼. 중요한 것은 하겠다는 네 의지고 마음이야."

"왜 굳이 그 일을 내게 맡기려는 거지?"

"내가 가장 믿는 사람이니까. 넌 황금의 마수에 빠져들 사람이 아니니까. 설령 그렇다 하더라도 후회하지 않을 유일한 사람이니까."

"……!"

사실은 그보다 더 중요한 이유가 있다.

그녀를 싸움터에 내보내지 않기 위해서다.

위험하지 않은 삶을 살게 해주기 위해서다.

무공 수련은 창천문 내에서도 할 수 있다. 굳이 실전까지 할 필요는 없다. 그녀의 손에 더 이상 피를 묻히게 하고 싶지 않았다. 피를 보는 것은 나로 충분하다.

아수라의 길은 나의 길이다.

한참을 고민하던 차련이 대답했다.

"좋아. 내가 하겠어."

그녀는 단단히 각오를 한 표정이었다.

"내가 잘해서도, 잘할 자신이 있어서도 아니야. 네게 도움이 되고 싶어서야."

"고마워."

"실수해도 봐줘야 해."

그녀가 애교스런 미소를 짓는다.

그녀라면 돈을 다 날려도 상관없다. 그녀라면 돈을 다 들고 달아나도… 돈을 잃어서 아까운 것이 아니라 그녀가 보고 싶어 괴로울 것이다.

그때 저 멀리 팔방추괴가 이쪽을 향해 걸어오다가 적이건을
보고 손을 흔들었다.

"가봐야겠어."

그러자 차련이 애정과 걱정이 담뿍 담긴 눈빛으로 말했다.

"조심해."

"응."

한마디 대답이면 충분했다.

          *   *   *

다음날 새벽.

풍운성주가 거처하는 곳이 훤히 내려다보이는 언덕 위에 적
이건이 서 있었다.

팔짱을 낀 채 묵묵히 건물을 내려다보는 적이건의 표정은
더없이 진지했다.

여명이 그의 얼굴을 천천히 밝히고 있었다.

그의 뒤쪽 좌우로 무영과 팔방추괴가 서 있었다. 다시 그들
뒤로 오십여 명의 복면인들이 늘어서 있었다. 신풍대의 조장
들이었다.

무영과 팔방추괴는 물론 뒤의 조장들까지 모두들 상기되어
있었다.

오늘 드디어 창천문이 강호정복을 나선 날이었다. 본격적으

로 사패를 날려 버릴 작정인 것이다.

팔방추괴가 나직한 음성으로 입을 열었다.

"어젯밤, 모든 공작을 끝냈습니다."

팔방추괴가 심혈을 기울인 작전이 시작된 것이다.

"그들이 걸려든다면… 일은 신속하게 진행될 겁니다."

적이건이 돌아보지 않은 채 고개를 끄덕였다.

팔방추괴가 차분히 말을 이었다.

"폭풍처럼 밀고 나가셔야 합니다. 절대 멈춰선 안 됩니다."

적이건이 돌아보며 팔방추괴와 무영을 돌아보았다.

진중한 그의 표정에는 예전과는 다른 어떤 기세가 느껴졌다.

그 느낌을 그대로 표현하는 말이 흘러나왔다.

"난 이제… 준비가 되었어."

두두두두두두!

멀리서 들려오는 말발굽 소리에 적이건이 고개를 돌렸다. 일단의 무인들이 장원으로 달려가고 있었다.

입구에서 말을 내린 무인이 경공으로 내달렸다.

그가 향한 곳은 풍운성주 사도백의 집무실이었다. 이른 시간이었지만 홍신과 악소명은 그의 집무실에 와 있었다.

"긴급보고입니다."

수하의 다급한 목소리에 세 사람이 서로를 돌아보며 긴장했다.

긴장한 표정으로 들어선 사내는 야신대의 죽음을 조사하러 나갔던 수하였다.

"어떻게 되었느냐?"

사도백의 물음에 사내가 침울한 표정으로 대답했다.

"야신대는… 전멸했습니다. 모두 확인했습니다."

알고 있었던 사실이지만 그래도 설마했던 일이었다.

사도백이 불편한 심기를 감추지 않았다. 다시 그의 몸에서 살기가 솟구쳐 올랐다.

홍신이 침착하게 물었다.

"흉수에 대한 조사는?"

"이걸 보십시오."

사내가 무엇인가를 탁자 위에 올려놓았다.

헝겊에 싸인 것은 하나의 부러진 암기였다.

"이게 무엇이냐?"

"우리 쪽 시체에서 발견해 낸 것입니다. 부러진 채 살 속에 깊숙이 박혀 놈들이 미처 회수해 가지 못한 것입니다."

악소명이 암기를 들어서 자세히 살폈다.

"이건!"

깜짝 놀란 악소명이 표정을 굳혔다.

"이건 남악련의 백호대가 사용하는 암기입니다."

"확실한가?"

"틀림없습니다."

과연 암기의 날에는 독특한 문양이 새겨져 있었다.

쨔직!

사도백의 탁자에 커다란 구멍이 생겼다.

탁자는 얼마든지 부서져도 되지만 사도백의 흥분은 절대 말려야 했다.

홍신이 다급히 말했다.

"이것만으로 그들의 소행이라고 하기에는 어렵습니다."

그러자 악소명이 차갑게 소리쳤다.

"이보다 명백한 증거가 어디에 있단 말이오?"

"이해가 되지 않습니다. 대체 남악련이 왜 우릴 치겠습니까? 만약 그들이 공격을 한다면 틀림없이 그 대상은 북천패가입니다."

자신이 남악련의 군사였다면 반드시 그렇게 움직였을 것이다. 자신보다 남악련의 군사가 못하다고 생각지 않았다.

바로 그때였다.

또 다른 수하가 황급히 들어왔다.

"나가 있던 세작으로부터 연락이 왔습니다."

그러면서 한 장의 밀서를 사도백에게 내밀었다. 재빨리 밀서를 읽어가던 사도백의 표정이 점점 더 굳어졌다.

이윽고 그것을 다 읽은 사도백이 침착하게 말했다.

"놈들이 왜 우릴 쳤는지 여기 이유가 있네."

홍신이 밀서를 받아 들고 빠르게 읽었다.

밀서의 내용은 바로 과거 임천세와 양인명 간의 거래에 대한 것이었다. 이미 무한의 모든 이권은 남악련에게 넘겼다는 내용이었다.

"이럴 수가!"

백호대가 자신들을 공격한 이유가 밝혀지는 순간이었다.

사도백이 밀서를 가져온 수하에게 물었다.

"이 정보의 정확도는 어느 정도인가?"

"구 할의 신용도를 지닌 정보입니다."

보통 육 할만 넘어가도 거의 정확하게 맞아떨어지는 것이 세작들의 보고서였다. 구 할이라면 거의 확실하다는 뜻이었다. 굳이 그게 아니라도 그것이 사실인 이유는 있었다.

"망할 놈! 어쩐지 조건이 너무 좋다고 했어."

사도백의 분노는 점점 더 뜨거워지고 있었다. 사도백은 임하기와 같은 새파란 애송이에게 조롱당한 것이 너무나 화가 났다. 임하기와 한패가 되어 야신대를 공격한 남악련에 대해 불같은 분노가 피어올랐다.

홍신은 주인의 분노가 선을 넘지 않기를 바랐다.

"좀 더 조사를 해봐야 합니다."

악소명의 인상이 노골적으로 찌푸려졌다.

홍신은 자신의 말이 겁쟁이처럼 들린다는 것을 알고 있었다. 하지만 어쩔 수 없었다. 자신과 악소명이 다른 이유였다. 달라야 하는 이유였다. 자신은 군사였으니까.

그 순간 홍신의 등줄기는 식은땀으로 흠뻑 젖어들고 있었다.

'하필 이 순간에 이런 보고가 들어오다니!'

만약 누군가의 계략이라면 상대는 절대 호락호락한 자가 아니었다. 알면서도 당할 수밖에 없는 상황이 연출되고 있었다.

"언제까지 말이오? 우리가 다 잡혀먹고 난 뒤에도 그런 말을 하실 거요?"

악소명의 목소리에 힘이 실렸다.

"어차피 벌어진 일들입니다. 신중해서 나쁠 것은 없습니다."

악소명은 더 이상 아무 말도 하지 않았다. 불편한 마음을 표정에 그대로 드러냈다. 하지만 사도백이 홍신을 아끼는 이상, 자신이 왈가왈부할 일은 아니었다.

사도백이 나직이 홍신을 불렀다.

"군사."

"네."

"어딘가?"

그 한마디의 물음이 무엇을 의미하는지 홍신은 잘 알았다.

어디를 공격해야 하는가?

반드시 대답해야 했다. 이미 주인의 분노는 선을 넘었다. 어떻게든 풀어야 했다.

짧은 순간 홍신의 머리통이 터지도록 빠르게 돌아갔다. 공격대상이 북천패가냐, 남악련이냐에 따라 앞으로의 운명이 크게 바뀔 것이다.

한참을 고민하던 홍신이 결정을 내렸다.

"남악련입니다."

사도백의 입가에 싸늘한 미소가 지어졌다. 기다렸던 대답이었다.

"그들의 백호대는 어디에 있나?"

"무한 인근의 한 장원을 빌려서 묵고 있습니다."

홍신을 향했던 시선이 악소명을 향했다.

"당한 만큼 돌려주게!"

"알겠습니다."

악소명이 밖으로 걸어나갔다.

"함정일 가능성을 배제해선 아니 됩니다!"

홍신이 다시 한 번 당부했다.

그 당부가 아니더라도 어설프게 움직일 사람은 아니었다. 산전수전 다 겪은 풍운철기대였다. 곰처럼 우둔해 보여도 전투에 있어서만큼은 여우가 되는 인물이었다.

이윽고 두 사람이 남았다.

"자네의 걱정은 뭔가? 철기대가 함정에 빠져 모두 죽게 되는 일?"

끔찍한 일을 사도백은 담담히 말했다.

"물론 그럴 수도 있겠지. 자네 말대로 이것이 놈들의 함정일 수도 있네. 만약 그렇다면 저 사람이 큰 피해를 입고 돌아오겠지."

"하오면……."

"하지만 말일세. 움직여야 할 때 움직이지 않음으로써 잃게 되는 것들도 있다네. 이를테면 용기나 기세 같은 거네. 한평생을 강호에서 잔뼈가 굵은 내가 무슨 그런 소릴 하느냐 싶겠지만. 의외로 그런 것들은 중요하다네. …우린 풀을 뜯어 먹고 살진 못하네. 우리가 풀을 뜯는 순간, 강호의 온갖 잡종들이 우릴 향해 이를 드러낼 테니까."

사도백은 자신이 육식동물임을 잊지 않으려 노력하고 있었다.

"우린 포효해야 하네. 설사 함정에 빠졌다 해도."

그 말을 끝으로 할 말을 다 했다는 듯 사도백은 지그시 눈을 감았다.

"본성에 총비상령을 내리겠습니다."

알아서 하라는 듯 사도백이 고개만 까닥했다.

정중히 고개를 숙인 후 홍신이 밖으로 나왔다.

가슴이 답답했고 헛구역질이 올라왔다. 온몸이 말하고 있었다. 잘못되어도 너무 잘못되었다고.

사도백도 악소명도 실수할 수 있었다.

하지만 자신은 해서는 안 된다. 그 실수를 바로잡으라고 군사인 자신이 존재하는 것이니까.

'특단의 대책을 세워야 해.'

자신의 집무실로 향하는 홍신의 발걸음이 바빠졌다.

그 순간 그는 알지 못했다. 위기는 훨씬 가깝게 다가와 있었고 세워야 할 대책은 자신이 생각하는 것보다 열 배는 더 빨리 세워야 한다는 것을.

반 각 후.

두두두두두두두!

장창을 드높인 풍운철기대가 장원을 떠났다.

적이건은 여전히 원래의 그 자리에서 그 모습을 지켜보고 있었다.

그들이 향하는 방향을 지켜본 팔방추괴가 회심의 미소를 지었다.

"저희 뜻대로 움직였습니다. 이제 시작입니다."

적이건이 목에 걸려 있던 복면을 올려 썼다.

지이이이이이잉!

지옥도가 무섭게 울기 시작했다.

*　　　*　　　*

"어젯밤에 이건이가 다녀갔습니다."

냉이상의 말에 양화영이 허리를 쭉 폈다. 그녀는 일전에 산

작업복을 입고 밭일을 하던 중이었다.

"이번 일은 혼자 힘으로 하고 싶답니다."

냉이상은 조금 기운 빠진 기색이었다.

"그래서 섭섭한가?"

"섭섭하다기보다는……."

"섭섭하구먼."

결국 고개를 끄덕이고 만 냉이상이었다.

"기대했었으니까요."

그 솔직한 대답에 양화영이 피식 웃었다.

"이 사람아, 자고로 인생의 말년이란 조용하고 평화로운 것
이 최고라네. 고상하게 늙을 생각을 해야지, 다 늙어 피 튀기며
뛰어다니면 그 얼마나 흉한 일인가."

그리고는 다시 허리를 숙여 일하기 시작했다. 더 이상 양화
영이 일언반구 말이 없자 냉이상이 불만스럽게 말했다.

"그깟 코딱지만 한 밭에 뭔 일이 그렇게 많답니까?"

"원래 식물들은 키우는 사람의 발소리를 듣고 자라는 법이
네."

"이 후배에게도 그렇게 정을 줘보시지요."

"다 늙어 애정결핍인가?"

냉이상이 입을 삐죽 내밀었지만 양화영은 그저 일에만 집중
했다.

그녀가 능숙한 호미질로 잡초를 제거했다.

다시 냉이상이 퉁명스럽게 말했다.

"천고의 영약이라도 키우시는 겁니까?"

"……."

"만년설삼이면 저도 한 뿌리 주십시오. 평화로운 말년을 즐기며 만년설삼차나 한 잔 마시게요."

"……."

"원래 늙을수록 잘해야지요. 주변 사람들에게도 잘하고……."

결국 양화영이 허리를 펴고 일어섰다.

"이런 수다스런 사람 같으니라고! 대체 하고 싶은 말이 뭔가?"

그러자 냉이상이 그녀를 자신이 앉아 있던 평상으로 잡아끌었다.

"일단 여기 앉으시죠. 사람이 말을 하는데 풀만 쳐다보니 어디 말할 기분이 납니까?"

양화영이 냉이상과 나란히 앉아 땀을 닦았다.

"어찌 나이를 먹을수록 애가 되가누? 자, 이제 말해보시게."

냉이상이 조금 진지하게 물었다.

"이건이 말입니다. 그냥 둬도 되겠습니까?"

"무슨 뜻인가?"

"혼자 해나갈 수 있겠습니까?"

냉이상은 진심으로 걱정하고 있었다.

잠시 뜸을 들인 양화영이 물었다.

"자네가 보긴 어떤가?"

"기분 탓인지 어딘지 모르게 바뀐 것 같더군요."

"어떻게 바뀌었던가?"

"글쎄요."

냉이상이 말을 아꼈다.

그 모호한 답변으로 충분한 듯 양화영이 환하게 웃었다.

"고 녀석 이제 진짜 어른이 되었을라나?"

"언제는 어른 아니었습니까? 스무 살이나 된 녀석을 애 취급하신 거죠."

"어디 나이만 먹는다고 어른인가?"

양화영이 하늘을 올려다보았다. 시리도록 푸른 하늘은 더없이 화창했다. 무리를 지어 나는 몇 마리의 새가 그 평화로움을 더했다.

"진심으로 세상을 대할 때, 그때 진짜 어른이 되는 것이지."

*　　　　*　　　　*

핑, 핑핑!

장원의 정문을 지키던 무인들이 그대로 꼬꾸라졌다.

바람 소리를 내며 오십여 명의 복면인이 담을 넘었다.

앞장선 사람은 바로 적이건이었다.

저 멀리 건물 모퉁이를 돌아 무인 넷이 걸어나오고 있었다.

"앗!"

적이건을 발견한 그들이 놀라는 순간.

쉬이이이익.

적이건이 십여 장의 거리를 순식간에 좁혔다.

파파파팍!

사내 넷이 거의 동시에 쓰러졌다.

허공에서 연이어 네 번 발길질을 해서 사내들을 쓰러뜨린 것이다.

고양이처럼 가볍게 착지한 적이건이 수신호를 보냈다. 뒤따르던 사내들이 사방으로 흩어졌다.

적이건은 그대로 정문에 보이는 건물로 달려 들어갔다. 긴 복도는 더없이 조용했다.

적이건이 천천히 걸음을 옮겼다.

십여 걸음 걷던 적이건의 발걸음이 딱 멈추는 순간.

쉬잉!

푹!

지옥도가 벽에 박혔다. 벽 너머 비명 소리가 들려왔다. 기습조차 시도해 보지 못한 은신해 있던 무인의 최후였다. 뽑혀 나온 지옥도에서 시뻘건 피가 튀었다.

사사삭!

천장이 열리며 복도 끝에 사내 둘이 내려서며 암기를 뿌렸다.

쉭쉭쉭쉭쉭쉭쉭!

좁은 복도를 가득 메운 채 암기가 날아들었다.

따다다당!

지옥도로 암기를 튕겨내며 적이건이 쇄도했다.

쉬이잉!

한줄기의 시퍼런 도기가 좁은 복도를 찢어발겼다.

"크악!"

비명을 내지르며 암기를 날렸던 사내들이 동시에 꼬꾸라졌
다.

적이건이 복도를 내달렸다.

부아아아악!

지옥도가 오른쪽 벽을 찢었다. 은신하고 있던 무인들의 비
명이 벽 안에서 터져 나왔다.

푹! 푹푹!

지옥도가 다시 반대쪽 벽을 연달아 찔렀다. 벽에 구멍이 생
기는 순간마다 어김없이 비명이 터져 나왔다.

그대로 내달린 적이건이 복도 끝에 있던 문을 부수며 뛰어
들었다.

사방에서 검이 날아들었다.

쉬이이이이잉—!

시원한 바람 소리가 들렸다.

적이건은 한쪽 무릎을 접은 채 몸을 숙이고 있었고, 주위에

네 명의 무인들이 서 있었다.

적이건이 천천히 몸을 일으켜 세웠다.

파파파파팍!

네 무인들이 가슴에 피분수를 내뿜으며 동시에 쓰러졌다.

적이건이 정면을 응시하며 천천히 걸어나왔다.

그 대청의 끝에 사도백이 서 있었다. 그 옆으로 홍신도 서 있었다.

홍신의 안색이 병든 노인네의 그것처럼 어둡게 가라앉았다.

대청 밖에서 비명 소리들이 들려왔다. 쳐들어온 자가 눈앞의 복면인만이 아니란 뜻이었다.

'정말 좋지 않군.'

홍신의 마른 입술이 바짝 타 들어갔다.

풍운철기대가 출진하기가 무섭게 쳐들어왔다. 그 말은 곧 풍운철기대를 움직이게 한 것 역시 상대의 암계란 뜻이었다. 그것의 의미는 실로 컸다. 풍운철기대가 움직인 것은 북천패가에서 남악련에게 무한의 이권을 주었다는 그야말로 일급기밀에 속하는 내용 때문이었다. 그렇다면 상대는 그런 일급기밀을 이용해 자신을 농락했다는 말이었다.

'게다가 복면을 했다?'

그것은 일을 은밀히 처리하겠다는 뜻이었고, 인정사정 보지 않겠다는 뜻이기도 했다.

그에 비해 사도백은 일성의 주인답게 매우 침착했다.

"누구냐?"

"그 대답을 할 것 같았으면 복면을 썼겠소?"

"그렇군."

대답을 들은 사도백은 내심 여유를 가졌다. 일단 목소리로 짐작할 때, 상대의 나이가 젊었다. 젊다는 것은 곧 경험과 내공이 부족하다는 뜻.

그에 비해 홍신은 더욱 불안했다.

'새파란 놈이 이렇게 쳐들어왔을 때는 분명 믿는 구석이 있어서일 것이다.'

누군가 장원을 빠져나가 풍운철기대를 되돌려야 했다.

하지만 쉽지 않은 일이란 생각이 들었다. 바깥에서 들려오던 비명 소리가 잦아들고 있었다. 분명 정리되고 있는 것은 자신들 쪽이리라. 이제 믿을 것은 오직 사도백의 무력이었다.

사도백이 단도직입적으로 물었다.

"남악련이냐? 북천패가냐?"

그러자 적이건이 고개를 내저었다.

사도백이 불신에 찬 얼굴로 다시 물었다.

"설마 흑도방이란 말인가?"

그러자 적이건이 피식 웃었다.

"사패가 이 강호의 전부는 아니지요."

사도백으로선 믿을 수 없는 대답이었다. 사패 중 한 곳이 아니라면 감히 자신을 이렇게 칠 수는 없을 것이다. 남악련의 양인명이 떠올랐다.

'분명 그놈 짓이리라! 가증스러운 놈!'

야신대를 공격하고 다시 자신까지 암습한 것이라 사도백은 확신했다.

'끝장을 보잔 말이지! 내가 호락호락하게 당하리라 생각했다면 큰 오산이다!'

그런 속내를 감추고 사도백이 준엄한 목소리를 내었다. 작은 체구에서 불같은 분노가 뿜어져 나왔다.

"감히! 내가 누군지 아느냐?"

"풍운성주 사도백."

사도백의 노기 뻗친 두 눈썹이 꿈틀했다.

'새파란 놈이 감히! 처참하게 도륙해 버리리라!'

주인의 분노를 느끼며 홍신이 나섰다.

"풍운철기대를 출진하게 유도한 것도 네 짓이냐?"

적이건이 고개를 끄덕거리자 홍신의 가슴이 철렁 내려앉았다.

그때 사도백이 버럭 노했다.

"설마 풍운철기대가 없다면 나를 죽일 수 있다고 믿는 것이냐?"

복면 위 적이건의 두 눈이 웃음을 지었다.

"적어도 피해를 최소화할 수 있겠지."

"이런 미친놈이!"

적이건이 한 발 더 앞으로 다가서자 천장이 열렸다.

실바람에 날려온 풀잎처럼 일곱의 고수들이 가볍게 사도백 앞에 내려섰다.

하나같이 범상치 않은 기도를 지닌 무인들이었다.

그들이 바로 사도백의 호신위인 칠풍이었다. 절정고수들인 그들은 지금까지 사도백의 그림자가 되어 그의 목숨을 지켜왔다.

그들을 하나씩 살피며 적이건이 지옥도를 늘어뜨렸다.

합격술의 대가들이군.

그렇다면 가장 먼저 해야 할 일은 하나였다. 그들에게서 가장 중요한 인물을 찾는 일이었다. 맏형 역할을 하는 지휘자를 찾아야 했다.

칠풍이 거리를 벌리며 반원을 만들며 적이건을 압박했다.

적이건이 천천히 뒷걸음질을 쳤다. 그 와중에도 적이건의 시선은 상대를 날카롭게 훑고 있었다.

그리고 적이건이 그들 중 한 사내를 찾아냈다.

저자군.

사내들의 움직임은 한 치의 오차도 없이 함께 움직이는 것 같았지만, 단 한 사내의 움직임이 미세하게 빨랐다.

일차 목표를 정한 적이건이 두 눈을 잠시 감았다.

어떻게 움직여 싸울 것인가 머릿속에 스쳐 지나갔다.

적이건이 두 눈을 번쩍 뜨는 순간.

벼락처럼 빠르게 가운데 사내에게 달려들었다.

지옥도가 일풍을 내려쳤다.

창!

일풍의 검이 지옥도를 막았다.

튕겨 나갈 줄 알았던 지옥도는 그대로 그의 검에 붙어 있었다.

우우우웅!

도에서 내력이 쏟아져 나와 검으로 흘러든 것이다.

순식간에 내력 싸움으로 번지자 나머지 칠풍의 사내들이 반색했다.

그들 중 가장 내력이 뛰어난 이가 바로 일풍이었던 것이다.

'상대를 잘못 골랐다!'

그것이 그들의 공통된 생각이었다.

하지만 그 생각도 잠시.

"으아아아아!"

일풍의 비명이 터져 나왔다.

쾅!

동시에 일풍의 검이 산산조각났다. 폭풍에 휘말린 것처럼 일풍이 뒤로 튕겨져 날아갔다.

사도백의 발아래까지 밀려간 일풍이 피를 뿜어냈다.

몇 번 크게 몸을 떨던 그의 고개가 꺾였다. 그대로 절명한 것이다.

사도백은 물론 나머지 여섯 사내들은 경악했다.

일풍의 무공은 결코 가볍지 않았다. 더구나 일풍이 가장 자신있는 내공대결이었다.

사도백이 본능적으로 한 발 앞으로 나섰다.

자신이 나서야 한다고 생각했지만 이풍이 가만히 손을 들어 그를 제지했다. 자신들은 완벽하게 합격술을 연마한 이들이었다. 그들은 그들 자체로 완성된 이들이었다. 사도백이 끼어들면 오히려 합공의 묘가 더욱 약해질 것이 분명했다. 사도백이 일풍의 자리를 대신할 순 없었다.

게다가 이풍을 비롯한 나머지 사내들은 분노하고 있었다. 일풍을 이렇게 허무하게 잃을 줄은 정말 상상도 하지 못한 일이었다.

사도백이 한 발 물러섰다. 전혀 예상치 못한 결과에 그의 마음이 절로 무거워졌다.

"합공한다!"

이풍의 명령이 떨어짐과 동시에 여섯 사내들이 일제히 날아들었다.

쉭! 쉭! 쉬이익!

여섯 자루의 검이 매섭게 허공을 내질렀다.

적이건이 땅을 박차고 날아올랐다. 합공을 당할 때 허공으로 뛰어오르는 것은 좋은 선택이 아니었다. 날아드는 검기를 피하기 어렵기 때문이었다.

쉭! 쉬익! 쉬이익!

과연 여섯 줄기의 검기가 각기 다른 방향에서 허공을 가로질렀다.

난자하듯 날아든 검기에 벽이 부서지며 잘려 나갔다. 하지만 적이건은 무사했다. 그의 도약은 칠풍의 예상을 훨씬 뛰어넘는 것이었다.

적이건이 천장까지 뛰어오른 것이다.

적이건이 한 바퀴 크게 회전하며 천장에 거꾸로 매달렸다.

쇄애애애애애애액!

이번에는 지옥도에서 도기가 쏟아졌다.

칠풍의 그것과는 비교할 수 없을 정도로 빠르고 매서웠다. 더구나 위에서 아래로 쏟아지는 공격이었다.

"피해!"

칠풍이 사방으로 흩어졌다.

콰아아앙! 꽝! 꽝!

땅거죽이 뒤집어지며 파편이 튀어 올랐다.

피어오른 먼지가 가라앉던 그 순간.

"컥!"

외마디 비명이 들려왔다.

사풍이 목을 부여 쥔 채 쓰러지고 있었다. 손가락 사이에서 뿜어져 나오는 것은 검붉은 피였다.

엎어지듯 쓰러지는 그의 뒤로 적이건이 서 있었다.

언제 내려왔는지 아무도 보지 못했다는 것이 두려운 일이었다.

파앗!

적이건이 이번에는 삼풍을 향해 쇄도했다.

"막아!"

모두들 삼풍을 지키려 달려들었다. 상대의 무서움을 충분히 실감한 그들이었다. 한 명이라도 잃으면 안 된다는 위기감이 그들을 지배하고 있었다.

창!

삼풍의 검을 튕겨내듯 두드린 지옥도가 빠르게 허공을 갈랐다.

쇄애애액!

지옥도의 진짜 목표는 삼풍이 아니었다.

뒤에서 달려들던 이풍이었다.

콰악!

미처 피할 틈도 없이 이풍의 가슴에 지옥도가 박혔다.

뒤이어 터진 비명 소리는 그의 것이 아니었다.

비명의 주인공은 이풍의 죽음에 놀라 찰나간 정신을 놓친 삼풍이었다.

꽈직!

적이건의 팔꿈치가 그의 명치에 박힌 것이다. 그의 늑골이 박살나며 부서졌다.

이풍과 삼풍이 동시에 쓰러졌다.

또다시 두 사람이 쓰러지자 나머지 세 사내들이 충격을 받았다.

휘리리릭.

이풍의 가슴에 박혀 있던 지옥도가 적이건의 손으로 날아들었다.

세 사내를 노려보는 사나운 눈빛만큼이나 적이건의 공격은 거칠었다.

창창창창!

적이건은 생각할 시간을 주지 않았다. 적이건은 이리 떼 사이로 뛰어든 한 마리의 호랑이였다. 그리고 그 이리 떼들은 지금 개보다 못한 상태였다.

오풍이 뒤로 밀렸다.

육풍과 칠풍이 그를 돕기 위해 검기를 뿌렸다. 지옥도가 한 발 더 빨랐다.

푸욱!

오풍의 심장을 잘라낸 지옥도가 다시 허공을 갈랐다.

적이건이 벼락처럼 돌아서며 날아든 검기를 향해 도를 내질렀다.

촤아아앙—!

지옥도에 검기가 튕겨 나갔다.

검기를 튕겨내는 경지에 육풍과 칠풍은 완전 전의를 상실했다.

지켜보던 사도백의 표정이 완전히 굳어졌다. 방금 전의 상황이 얼마나 빨리 진행되었으면 그는 뛰어들 기회조차 찾지 못했다.

홍신이 재빨리 말했다.

"일단 피하시지요."

사도백의 망설임에 홍신이 강경하게 덧붙였다.

"후일을 도모하실 때입니다. 한시 빨리 풍운철기대와 합류하셔야 합니다."

홍신의 말이 옳았다. 대화를 나누는 사이 다시 육풍이 쓰러졌고 적이건은 칠풍을 향해 쇄도하고 있었다.

사도백이 다급히 돌아서던 그때였다.

덜컹.

자신이 나가려던 문이 열리며 무인들이 안으로 들어섰다. 후끈한 혈향을 풍기며 들어선 이들은 복면을 착용한 신풍대의 조장들이었다. 선두에 선 사람은 바로 무영이었다.

"크아아악!"

마지막 남았던 칠풍이 허무하게 피를 토하며 쓰러졌다.

적이건이 무영을 쳐다보았다.

무영이 적이건을 보며 고개를 끄덕였다. 장원을 완벽히 제압했다는 신호였다.

만족스런 표정으로 다시 한 번 고개를 끄덕인 적이건이 사도백을 쳐다보았다.

사도백은 자신이 겁먹었다는 것을 표 내지 않으려 애썼지만 목소리가 떨리는 것을 막지는 못했다.

"괜찮은 실력이군."

후우웅!

사도백의 양 장삼이 내력으로 펄럭였다.

뒤에 서 있던 홍신은 절망에 빠졌다. 사도백은 결코 칠풍을 이렇게 빨리 죽일 수 없다. 그 말은 곧 상대가 사도백보다 강하다는 것을 의미했다. 사도백 역시 느끼고 있을 것이다.

홍신이 재빨리 나섰다.

"원하는 것이 무엇이냐?"

평소의 사도백이라면 자신의 앞을 막아서며 나서는 홍신의 행동에 대노했을 것이다. 하지만 지금은 그러지 않았다. 그는 긴장하고 있었고, 더 솔직하게 말하자면 겁을 먹고 있었다. 일 각도 되지 않아 칠풍을 모두 잃은 것은 큰 충격이었다. 오랫동 안 무서움 모르고 살아왔기에 더욱이 낯선 공포심이었다.

적이건이 차분히 대답했다.

"그쪽에서 받아들이기 힘든 것이야."

"말하라."

홍신은 어떻게든 거래를 해야 한다고 생각했다. 큰 손해를 보더라도 일단 사도백을 살려서 이곳을 빠져나가야 했다. 거 짓말로 상대를 속여서라도 이 위기를 벗어나겠다고 마음먹었다. 결코 호락호락해 보이지 않는 적이건의 두 눈을 응시하며 홍신이 다시 물었다.

"무엇을 원하느냐?"

그러자 적이건이 나직이 말했다.

"당신들이 가진 모든 것."

"뭐?"

홍신도 사도백도 크게 놀랐다.

그 순간 홍신은 한 가지 새로운 사실을 깨달았다.

'이자는 남악련이나 북천패가의 하수인이 아니구나!'

일개 하수인 따위가 풍운성의 모든 것을 원한다는 대답을 하진 않았을 것이다.

침묵을 깬 것은 사도백의 큰 웃음이었다.

"으하하하하!"

적이건의 대답을 듣는 순간, 그는 정신을 차렸다.

풍운성을 세우기 위해 온갖 고난을 헤쳐 나왔던 지난 이십 년의 세월이 떠올랐다.

절대 줄 수 없는 것을 상대가 원했기에 오히려 마음이 편안해졌다.

남은 길은 하나뿐이다. 싸워서 지키는 길이다.

"물러서게."

그가 마음먹고 내력을 끌어올리자 엄청난 기세를 뿜어냈다.

적이건이 수하들에게 손짓을 보냈다.

무영을 비롯한 신풍대의 무인들이 멀찍이 물러섰다. 그들은 다시 한 번 문주의 무공을 견식할 수 있다는 기쁨에 상기되었다. 야신주를 일수에 격살한 주인이었다. 이제 적이건이 어리다고 속으로 무시하는 이는 아무도 없었다. 무인에게 있어 주인의 강함은 곧 자신들의 자부심.

적이건과 사도백이 몇 장 거리를 둔 채 대치했다.

적이건은 사도백의 강함을 느꼈다.

그가 얼마나 강하고, 그 강함이 얼마나 흉포할 것이며, 그 폭풍을 어떻게 버텨야 할지가 떠올랐다.

느껴졌기에… 그를 이길 수 있을 것이다.

느껴진다는 것은 곧 읽힌다는 뜻이니까.

반대로 사도백은 자신의 기량을 어디까지 읽어내고 있을까? 자신의 밑바닥까지 샅샅이 읽어내고 있을까? 아니라고 생각한다. 그래서 이 싸움은 자신이 이기는 싸움이었다.

사도백이 조금 차분해진 얼굴로 말했다.

"마지막으로 물어보세."

그도 이 싸움의 끝을 예감한 것일까? 마지막이란 말을 썼다.

"남악련, 북천패가, 흑도방. 이 중 자네와 관련이 있는 곳이 있나?"

적이건이 고개를 가로저었다. 적이건의 눈빛은 진실을 말하고 있었다.

사도백이 활짝 웃었다. 차라리 다행이란 생각이 들었다. 그들에게 죽게 된다면 너무나 원통했을 것이니까.

'어디서 이런 젊은 고수를 키워낸 것일까?'

참으로 강호란 오묘하고 신비한 곳이란 생각을 다시 한 번 하게 되는 순간이었다.

"내가 왜 풍운성이라 이름을 지었는지 아는가?"

사도백이 두 주먹을 불끈 쥐었다. 내력이 몰려들며 시퍼런 핏줄이 튀어 오르기 시작한 두 주먹이 말하고 있었다.

이제 마지막이란 마음으로 최선을 다해 혼세풍운신권(混世風雲神拳)을 펼쳐야 할 때라고.

사도백이 적이건을 보며 이를 으드득 갈았다.

"죽여주마."

대답 대신 적이건이 지옥도를 겨눴다.

사도백이 벼락처럼 주먹을 내질렀다.

콰앙!

빠르고 가벼운 주먹질에 적이건이 서 있던 자리가 움푹 파이며 거미줄처럼 분열되었다.

번쩍!

어느새 날아오른 적이건이 지옥도를 내질러 강기를 뿜어냈다.

쩌엉!

사도백이 서 있던 뒤쪽 벽이 일자로 갈라지며 무너져 내렸다.

"우와!"

단 한 수의 나눔이었지만 지켜보던 이들에게는 엄청난 신위였다.

사도백이 두 주먹을 연이어 내질렀다.

귀를 찢는 폭음과 함께 두 줄기의 권강이 폭풍처럼 회오리치며 적이건을 향해 날아들었다.

지옥도가 다시 허공을 찢었다.

쇄애애애액!

네 줄기의 강기가 허공에서 충돌했다.

꽈아앙!

충격이 퍼져 나가며 사방이 진동했다. 지켜보던 이들이 더욱 멀리 물러섰다.

쇄애애애액!

도강이 날아들었다. 피할 수 없이 빠른 공격이었다.

사도백이 혼신을 다해 두 주먹을 내질렀다.

꽈앙!

폭천뢰가 터지는 것 같은 충격이 장내를 흔들었다.

사도백이 주르륵 뒤로 밀렸다. 적이건 역시 비슷한 거리를 밀려났다.

지켜보던 이들 역시 우르르 뒤로 물러섰다. 너른 대청이 아니었다면 같은 곳에 있을 수 없을 정도로 두 사람의 공방은 무시무시했다.

사도백은 마음이 조급해졌다.

'놈은 여유가 있다.'

겉으로 보기에는 동수를 이룬 것 같았지만 그렇지 않았다.

사도백은 느끼고 있었다. 혼신을 다하는 자신에 비해 분명 상대는 여유가 있었다.

'한 번에 승부를 걸어야 해!'

휘뤼뤼뤼뤼뤼뤼!

사도백의 주먹이 허공에 환영을 만들어내기 시작했다.

두 개였던 주먹은 네 개가 되었고, 여덟 개는 다시 열여섯 개가 되었고 최종적으로 서른두 개가 되었다. 혼세풍운신권 최고의 절초가 발휘된 것이다. 그 한 수에 사도백은 남은 모든 내공을 쏟아부었다.

콰콰콰콰아아앙!

주먹의 환영이 폭우가 되어 쏟아졌다.

피할 수 없을 광범위한 공격이었다.

엄청난 파괴력에 벽이 부서져 내렸고 땅거죽이 뒤집어지며 튀어 올랐다.

지켜보던 이들이 자신도 모르게 비명을 내질렀다. 안 돼라고 소리친 사람들도 있었다. 그 순간 대부분의 무인들은 적이 건이 죽었다고 생각했다. 뼈와 살로 이루어진 인간이 막을 수 없는 공격이었다.

그 생각은 사도백 역시 마찬가지였다.

'됐다!'

사도백이 환희에 찬 표정을 지었다. 천운은 자신의 편이었다. 상대가 피하지 못한 이상 완전히 뼈가 으스러졌을 것이다.

적이건이 서 있던 자리에 먼지가 수북하게 피어올랐다.

모두들 침묵했다.

사도백이 스윽 무인들을 쳐다보았다.

이제 다음 차례는 너희들이다란 그 눈빛에 모두들 기가 죽었다.

물론 가운데 서 있던 무영만은 예외였다.

복면 위 무영의 눈은 웃고 있었다.

그 웃음이 괜히 기분 나쁘다는 생각이 들던 바로 그때였다.

쇄애애애액!

먼지 속에서 시작된 하얀 빛무리가 허공을 갈랐다.

슈우우우웅!

순식간에 기다란 선을 그리며 날아간 그것은 그대로 사도백을 관통했다.

퍼억!

피할 수도 막을 수도 없었다.

사도백이 천천히 뒤를 돌아보았다. 뒤쪽 벽에 박힌 것은 지옥도였다. 도신 전체를 휘감던 하얀 빛이 서서히 사라지고 있었다.

지켜보던 이들의 입이 쩍 벌어졌다. 떨리는 손으로 자신의 입을 막은 무인들도 있었다.

사도백이 천천히 고개를 돌려 적이건을 쳐다보았다.

그가 놀란 눈빛으로 힘겹게 물었다.

"…이기어도?"

가슴이 꿰뚫렸음에도 고통이 느껴지지 않았다. 관통당하는 순간 상처 주변의 모든 신경이 타버린 탓이었다.

"……."

불신과 감탄이 그의 머릿속을 헤집었다. 훌륭하다는 말을 해주려다 욕을 해도 모자랄 이 순간에 그 무슨 멍청한 짓이냐란 생각이 들었다. 그리고 그 순간 그의 숨이 끊어졌다.

허물어지듯 쓰러진 사도백은 생각보다 편안한 얼굴이었다.

그 모습을 지켜본 홍신이 그 자리에 주저앉았다. 사도백의 죽음이 실감나지 않았다.

먼지는 완전히 가라앉아 있었고 그곳에 적이건이 우뚝 서 있었다.

적이건이 천천히 그에게 다가갔다.

홍신은 두려운 마음에 감히 적이건을 마주 보지 못했다.

"살고 싶은가?"

반쯤 넋이 나가 있던 홍신이 천천히 고개를 들어 적이건을 쳐다보았다.

일을 처리할 때 언제나 상대의 눈빛을 살피는 평소 습관 때문이었다. 맑은 눈빛이 자신을 응시하고 있었다. 적어도 거짓

말을 할 눈빛이 아니란 생각이 들었다.

홍신이 한숨을 내쉬었다. 사도백이 죽는 날, 자신 역시 죽는 날이라 생각하며 살아왔다.

하지만 막상 그 순간이 되자, 마음이 복잡했다. 죽는 것이 두려웠다. 죽은 사람은 죽은 사람이란 생각이 들었다. 동시에 죄책감과 수치스러움이 그를 괴롭혔다.

하지만 그는 결국 고개를 끄덕였다.

"…살고 싶소."

"우리 일을 도와준다면 널 살려주마."

"어떤 일이오?"

홍신의 눈동자가 불안하게 떨렸다.

적이건이 나직이 말했다.

"나중에 말해주지."

픽!

적이건의 지풍에 홍신이 쓰러졌다. 사혈이 아니라 수혈이었다.

뒤늦게 함성 소리가 터져 나왔다.

"와아아아아아!"

정말 우렁찬 함성이었다. 신풍대의 조장들은 적이건의 신위에 진심으로 감탄했다. 진심으로 적이건을 주인으로 받아들이는 순간이기도 했다.

팔방추괴가 무인들 사이에서 걸어나왔다.

"지금부터 가장 중요한 것은 기밀이고, 두 번째 중요한 것은 속도입니다."

오늘 작전에 조장들로만 구성해서 데려온 이유도 바로 기밀 때문이었다.

적이건이 궁금한 얼굴로 물었다.

"북천패가가 일차 목표가 아닌 이유는?"

마음 같아선 임하기의 북천패가를 먼저 밀어버리고 싶은 마음이었다.

하지만 팔방추괴의 일차정복 계획은 의외로 풍운성에 있었다.

팔방추괴가 나직이 말했다.

"북천패가는 남악련의 일차 목표기 때문입니다."

"군이 하나의 먹이를 두고 남악련과 다툴 필요가 없다?"

"맞습니다. 상처 입은 맹수는 흉포한 법입니다. 죽지 않기 위해 엄청난 힘을 내는 법이지요."

물론 그 발악을 위해 팔방추괴가 적당한 도움과 자극을 줄 것이다. 자신들이 뒤에서 돕는 한 쉽게 망하지 않을 것이다.

북천패가와 남악련 둘이 싸우는 사이 풍운성을 접수하는 것이 팔방추괴의 계획이었다.

"이번 일로 남악련이 풍운성을 치지 않을까?"

"그렇지 않을 겁니다."

"왜지?"

풍운철기대가 백호대를 치러간 상황이었다. 당연한 의문이 었다.

"왜냐하면 양인명은 이 모든 상황을 의심할 것이기 때문입니다."

"제삼자가 개입해 풍운성과의 분란을 조장했다고?"

"그렇지요. 난데없는 풍운성의 공격을 이해하기 어려울 테니까요. 그는 호락호락한 인물이 아닙니다. 눈앞의 피해에 소탐대실(小貪大失)의 결정을 내리진 않을 겁니다."

적이건은 팔방추괴의 판단을 믿었다.

"지금부터 신풍대 전원이 섬서로 출진할 겁니다."

팔방추괴가 쓰러진 홍신을 쳐다보았다.

"저자는 본래 사도백에게 큰 신임을 받던 자입니다. 우릴 돕는다면 큰 도움이 될 겁니다. 피를 흘리지 않고 흡수할 수 있는 세력 또한 많을 겁니다."

"될 수 있음 그러는 것이 좋겠지."

적이건이 조장들에게 명령을 내렸다.

"항복하는 적은 굳이 죽일 필요 없다. 최소한의 희생을 목표로 하도록!"

"알겠습니다."

우렁찬 대답이 들려왔다.

조장들이 그곳을 정리하기 시작했다.

적이건과 팔방추괴가 나란히 걸어나왔다.

"하지만… 그래도 많은 희생이 따를 겁니다. 전쟁이니까요."

적이건이 묵묵히 고개를 끄덕였다.

"그렇겠지."

적이건이 애써 약한 마음을 털어냈다. 기왕 마음먹고 시작했으면 단호하고 철저하게 일을 진행시켜야 한다. 어설픈 자비와 망설임은 또 다른 희생을 부를 뿐이다.

"창천문으로 북천패가에서 귀순한 이들을 데려올 겁니다. 신풍대의 빈자리를 그들이 대신해 줄 겁니다. 물론 그들을 보호하려는 이유도 있습니다."

"남악련이나 북천패가에서 풍운성에 대해 알아차리지 않을까?"

그러자 팔방추괴가 의미심장하게 웃었다. 그에 대한 대비가 되어 있다는 웃음이었다.

"그 시기는 최대한 늦을 겁니다. 오히려 제가 신경 쓰는 곳은 흑도방입니다."

흑도방은 지금 벌어지는 일들에 대해 이해관계가 없었다. 그랬기에 더욱 빠른 정보를 입수할 수 있는 입장이기도 했다.

"내가 직접 가는 게 빠르지 않을까?"

"물론 그렇겠지요. 하지만 문주님께선 창천문을 지키시는 게 좋습니다. 신풍대주들과 신풍대만으로 그 일은 충분합니다."

"그럼 내가 할 일은?"

"일단 남악련과 북천패가의 상황을 지켜보시면서 창천문을 지켜주십시오."

"잘됐군."

"네?"

"할 일이 있거든. 개인적으로 시간이 조금 필요해."

그것이 무엇인지 궁금했지만 묻지 않았다. 담 너머 하늘을 바라보는 적이건의 맑은 눈빛은 왠지 기분 좋은 기다림을 요구하고 있었던 것이다.

                    *   *   *

우지직!

기다란 창대가 막휘의 겨드랑이에서 부러졌다.

막휘의 검이 창대의 주인을 노리고 날아들었다.

따다당!

또 다른 창들이 막휘의 검을 두드리며 날아들었다.

막휘가 검을 날리듯 부러진 창대를 날렸다.

빠악!

회전하며 날아간 창대가 사내의 얼굴을 강타했다.

막휘가 쇄도해 무릎으로 사내의 턱을 강타했다. 연이은 두 번의 공격에 사내가 그대로 뻗었다.

쉬이익!

좌우에서 날아든 두 자루 창이 막휘의 코앞과 뒤통수를 스치고 지나갔다.

좌측에서 날아든 창대를 부여 쥔 막휘의 몸이 붕 날았다.

빠각!

좌측 사내의 턱이 가루가 되었다.

쉥! 쉬잉!

동시에 두 자루의 창이 서로 교차하며 날아갔다.

푸욱!

막휘의 창이 더 빠르고 정확했다.

기다란 창을 배에 박은 채 그대로 꼬꾸라졌다.

그가 쓰러지는 것을 보지도 않고, 막휘는 턱을 부여잡고 쓰러진 사내의 머리통을 부셨다.

막휘가 성큼성큼 다시 자신의 방으로 들어갔다.

창밖을 내다본 막휘의 인상이 일그러졌다.

"빌어먹을!"

비명 소리와 욕설로 아수라장인 그곳은 피가 튀기는 격전이 벌어지고 있었다.

막휘의 백호대가 풍운철기대의 공격을 받은 것이 불과 반각 전이었다.

자신의 거처까지 적들이 쳐들어왔다면 그건 완벽한 기습 공격이란 뜻이었다. 막휘는 수하들의 희생이 컸을 것이란 생각에 마음이 조급해졌다. 자신의 거처까지 밀고 들어온 것을 볼 때, 놈들의 병력은 보통이 아니었다.

서둘러 방에서 나오는데 복도 끝에서 사내들이 소리쳤다.

"저자다! 잡아라!"

막휘가 바닥에 떨어진 창을 발로 찼다.

쇄애앵!

사내들이 창을 피했고, 벽 깊숙이 창이 박혔다.

막휘는 그들을 버려두고 복도 끝으로 달려갔다.

'도대체 어떤 놈들이지?'

자신들이 철기대란 사실을 숨기지 않는 자들이었다.

가장 먼저 떠오른 것이 풍운성의 철기대였다. 하지만 막휘는 여전히 설마하는 마음이었다. 풍운성이 자신들을 공격할 가능성은 거의 희박했기 때문이었다.

우두둑!

막휘가 입구 쪽에서 자신을 막아서는 무인을 훌쩍 넘어가 그의 목을 사정없이 꺾었다.

쉥! 쉥!

두 자루의 창이 날아들었고 막휘가 문을 부수며 밖으로 튀어나갔다.

그대로 회전해 한 바퀴 돈 막휘가 뒤를 향해 검을 내질렀다.

쉬잉!

검기가 허공을 가로질렀다.

입구에서 창을 던지려던 사내 둘이 몸을 뒤집으며 쓰러졌다.

막휘가 주위를 돌아보았다. 지옥 같은 싸움판이 벌어져 있었다. 비명 소리와 병장기 소리에 옆 사람 소리조차 듣지 못할 정도였다. 모두들 피를 뒤집어쓴 채 서로를 죽이고 있었다.

막휘의 인상이 굳어졌다. 상황은 최악이었다. 얼핏 봐도 상대의 숫자가 훨씬 많았고, 백호대는 악전분투를 하고 있었다. 철기 하나가 쓰러지면 백호대 셋이 쓰러졌다. 그나마 남악련의 주력인 백호대였기에 버티고 있었지, 다른 일반 전투부대였다면 벌써 전멸당했을 상황이었다.

"내가 왔다!"

막휘가 소리치며 막아서는 철기를 베었다. 막휘의 등장에 백호대의 사기가 크게 올라갔다.

하지만 철기대는 당황하지 않았다. 그들이 믿었던 사람이 움직였다.

쉬이이잉!

귀를 찢는 파공음과 함께 장창이 막휘에게 날아들었다. 이전에 날아들던 것과는 차원이 다른 속도였다.

막휘가 가까스로 몸을 비틀어 피했다.

치이이이익.

창이 날아가던 기세에 막휘의 앞가슴 옷이 찢어졌다.

창을 던진 사내는 바로 풍운철기대의 대주 악소명이었다.

그가 도도하게 말에 탄 채 차갑게 막휘를 내려다보았다.

악소명과 눈이 마주친 막휘가 눈을 부릅떴다.

"넌!"

막휘가 악소명을 알아보았다. 몇 년 전, 분명 그를 본 적이
있었다.

"풍운철기대?"

그러자 악소명이 씩 웃으며 대답했다.

"그래, 우리다."

"이 미친 새끼들이! 너희가 감히 우릴 쳐?"

막휘는 풍운철기대가 자신들을 쳤다는 사실을 직접 보면서
도 믿지 못했다.

그 와중에도 백호대 무인들이 계속해서 쓰러지고 있었다.

상대를 알아차리고 또 수하들이 눈앞에서 죽어가자 막휘의
눈이 완전 뒤집어졌다.

"너만은 반드시 죽여 버린다."

막휘가 그를 향해 달려들었다.

"그럴 능력이 될까?"

검을 뽑아 들며 악소명이 말에서 훌쩍 뛰어내렸다.

창창창창창!

두 사람이 격돌했다. 둘의 실력은 원래 쌍벽을 이루는 실력
이었다.

하지만 십여 수가 지나자 곧바로 막휘가 밀리기 시작했다.

홍분한 막휘는 지금 제 실력을 발휘할 상태가 아니었다. 더구나 주위에서 수하들이 죽어나가고 있었다. 빨리 승부를 짓고 수하들을 구해야 한다는 압박감이 그의 손발을 더욱 어지럽혔다.

핏!

악소명의 검이 막휘의 어깨를 스쳤다.

어깨에서 피가 튀었다. 지혈할 여유도 없이 막휘가 검을 휘둘렀다.

이길 수 없다는 절망감보다 풍운철기대에게 당한다는 분함에 막휘의 검이 정교함을 잃었다.

"크아아아아아!"

막휘가 악을 쓰며 검을 휘둘렀다. 하지만 악소명을 당해낼 수 없었다.

푹!

악소명의 검이 막휘의 어깨를 찔렀다. 검을 다른 손으로 바꿔 쥐며 막휘가 이를 악물었다.

승리를 확신한 악소명이 씩 웃던 바로 그때였다.

후우우우우웅!

엄청난 바람 소리와 함께 무엇인가 악소명의 등을 향해 날아들었다.

악소명이 벼락처럼 돌아서며 검을 내질렀다.

꽈아앙!

폭음과 함께 비명이 터져 나왔다.

"크악!"

비명의 주인공은 악소명이었다. 팔이 부러진 악소명의 손에서 검이 떨어져 내렸다.

고통스런 악소명의 시야로 누군가 걸어오고 있었다.

장력을 날린 사람은 바로 남악련주 양인명이었다.

"어떻게 당신이?"

양인명이 볼일을 위해 잠시 무한을 떠났다는 것을 확인하고 작전을 펼쳤던 그였다.

양인명 뒤쪽 담으로 수백 명의 남악련 무인들이 날아들었다.

"련주님이 오셨다! 원군이 왔다!"

살아남은 백호대 무인들이 환호성을 질렀다. 전장의 상황이 순식간에 역전되는 순간이었다.

양인명은 싸움을 아는 인물이었다.

그는 지금 상황에서 가장 먼저 해야 할 일을 정확히 알고 있었다.

슈아아악!

양인명이 악소명을 향해 달려들었다.

철기 둘이 몸을 던져 그 앞을 막아섰지만 소용없었다.

꽈아앙!

양인명의 일장에 그들은 피떡이 되어 날아갔다.

분노한 양인명의 공격을, 제아무리 악소명이라 해도 한 팔이 부러진 채 막을 수 없었다.

쇄애애액!

암기까지 날렸지만 무용지물이었다. 가볍게 암기를 튕겨낸 양인명이 주먹을 내질렀다.

퍼어억!

양인명의 분노에 찬 일수에 악소명의 머리통이 깨졌다.

그대로 꼬꾸라지는 악소명을 보며 주위에 있던 남악련 무인들이 소리쳤다.

"놈들의 수장이 죽었다!"

양인명은 악소명을 죽이는 것으로 만족하지 않았다.

그가 몸을 날려 철기를 때려잡기 시작했다. 일수에 창이 부러지고 뼈가 부러졌다. 제아무리 풍운철기대라 할지라도 남악련의 주인을 감당해 내진 못했다. 게다가 상대는 양인명만이 아니었다. 살아남은 백호대와 지원을 온 남악련의 무인들의 공격 역시 만만치 않았다.

기세가 꺾인 철기대는 순식간에 무너지기 시작했다.

"크아아아악!"

비명 소리는 이제 대부분 철기의 것이었다. 철기들은 악을 쓰며 발악을 했지만 역전의 기회를 가질 순 없었다. 우후죽순처럼 철기대가 쓰러졌다.

"모두 물러간다!"

더 이상 버틸 수 없다는 것을 깨달은 철기대가 후퇴하기 시작했다.

하지만 많은 희생자들을 낸 남악련에서 그들을 고이 보내줄 리 없었다.

달아나던 철기대들이 수없이 쓰러졌다.

양인명이 나직이 말했다.

"파검!"

파검이 소리없이 모습을 드러냈다.

"한 놈도 놓치지 말게!"

기다린 명령이라는 듯 파검이 싸늘히 미소 지었다.

"명을 받들겠습니다."

파검이 훌쩍 몸을 날려 담 너머로 사라졌다. 파검이 나선 이상 살아서 돌아가는 놈은 없을 것이다.

그렇게 장내가 정리되고 나서야 양인명이 막휘에게 다가왔다.

"괜찮나?"

양인명의 물음에 막휘가 고개를 푹 숙였다.

"면목없습니다."

그의 얼굴에는 분노가 가득했다. 이번 기습으로 거의 백호대의 칠 할을 잃은 그였다.

"아니네. 자네가 무사했으니 되었네."

양인명이 막휘의 부상을 살폈다. 일반 무인들이야 시간과 돈을 들이면 얼마든지 양성해 낼 수 있었다. 하지만 막휘처럼 유능하고 충성심이 강한 수하를 얻는 일은 쉽지 않은 일이었다.

"한데 어떻게 알고 돌아오셨습니까?"

"자네들을 노린다는 세작의 긴급보고가 들어왔네."

"아!"

물론 그 보고는 팔방추괴가 의도적으로 흘린 정보였다.

양인명도 막휘도 막대한 피해를 입은 지금 상황에서는 그 보고를 다행이라 생각했지 공교롭다는 생각을 하진 못했다.

"놈들을 그냥 둬선 안 됩니다."

막휘가 이를 바득바득 갈았다.

그에 비해 양인명은 침착했다.

"물론 그래야지. 한데 이상한 일이군. 선전포고도 없이 풍운성이 우릴 친다? 그것도 주력을 보내서?"

양인명이 고개를 내저었다. 그것은 정치적으로 부담이 큰 결정이었다. 전쟁이란 무력싸움이기도 하지만 명분의 싸움이기도 했다. 명분 없는 기습공격으로 전쟁을 시작하는 것은 분명 큰 부담을 안을 일이었다.

그때 한 사람이 그곳에 등장했다.

바람처럼 가벼운 신법으로 양인명 앞에 내려선 사람은 바로 유검이었다.

"괜찮으십니까?"

유검이 놀라 물었다. 주위는 남악련의 무인들이 시체를 수습하느라 바쁘게 움직이고 있었다.

"난 괜찮네."

"도대체 어떤 놈들이 이런 일을 저지른 겁니까?"

"풍운성이네."

"아!"

유검이 뭔가 알아차렸다는 듯한 표정을 지었다.

양인명은 그 표정을 놓치지 않았다.

"뭔가 짚이는 일이 있나?"

"네. 이걸 보십시오."

유검이 품 안에서 한 장의 서찰을 꺼내 건넸다.

서찰을 읽던 양인명이 가늘어진 눈으로 코웃음을 쳤다.

그 서찰을 다시 막휘에게 건넸다.

밀서를 읽고 난 막휘가 흥분했다.

"우리에게 주기로 한 무한의 모든 이권을 풍운성에게 넘겼다는 말이지 않습니까?"

양인명이 차분히 말했다.

"풍운성 놈들이 지단을 세울 때 이미 예상했던 일이네. 임하기 그 애송이 놈이 잔머리를 굴린 거지."

"그 말씀은 놈이 우리와 풍운성의 싸움을 유도하기 위해서 일을 벌였다는 말씀이십니까?"

"그렇지."

"그럼 오늘의 일도 결국 임하기 그놈이 꾸민 짓 아닙니까?"

"그렇다고 봐야겠지."

막휘의 눈에 불꽃이 일었다. 일전에 임하기를 암살하려다 실패했던 일을 생각하면 아직도 자다가 벌떡 일어나 냉수를 마시는 그였다.

막휘를 진정시키려는 듯 유검이 차분히 말했다.

"그리고 벽력검의 행방은 찾지 못했습니다."

일전 임천세의 죽음과 벽력검 냉이상과의 연관성을 조사하러 직접 나섰던 그였다.

사실 거의 모든 시간을 창천문 내 뒤뜰에서 양화영과 보내는 냉이상의 행방을 추적하기란 불가능한 일이었다.

"결국 임천세의 죽음은 미궁의 죽음이다 이 말이지?"

"그렇습니다."

유검은 양인명이 흥분으로 인해 일을 그르칠까 걱정이 되었다. 특히 풍운성과 전면전을 벌이려 들까 봐 걱정이 되었다.

"냉정하게 생각하셔야 합니다. 이번 일은 우리와 풍운성을 싸우게 하려는 음모일 가능성이 높습니다."

"가능성이 아니라… 확실한 음모네. 그도 어떤 이유에서든 무리수를 둘 수밖에 없었겠지."

양인명은 그렇게 확신했다. 그는 풍운성주 사도백에 대해 잘 알고 있었다. 적어도 일을 이렇게 처리할 사람은 아니었다. 뭔가 음모에 빠진 것이다.

"걱정하지 말게. 그깟 잡스런 음모에 빠지진 않을 것이네."

그러면서 놀랄 만한 말을 이었다.

"우린 북천패가를 친다."

"련주님!"

유검이 깜짝 놀랐다.

양인명을 말리려던 유검이 입을 닫았다. 양인명은 그 어느 때보다 냉철한 눈빛을 뿜어내고 있었다. 감정에 치우친 결정이 아니었다.

"임천세가 죽는 그 순간, 이미 사패의 평화는 깨어졌네. 이제 남은 것은 승자와 패자뿐이지."

유검과 막휘는 이미 전쟁이 시작되었다는 것을 깨달았다.

"모든 병력을 무한으로 집중하게."

第七十三章 이건수련

絶代
君臨
절대군림

"무공을 배우고 싶어요."

불쑥 찾아온 아들의 말에 적수린은 내심 놀랐다. 의외였다. 무공을 배우더라도 유설하에게 배울 것이라 생각했기 때문이었다. 그만큼 아들과 거리감을 느껴왔던 요즘이었다.

"혹시 네 엄마가 시킨 것이냐?"

"아니요. 어머닌 제가 이런 말씀 드리고 있는 줄도 모르고 계세요."

"왜 나냐?"

"그게 무슨 말씀이세요?"

오히려 의아한 눈빛을 보내오자 적수린이 당황했다. 어려서는 두 사람이 번갈아 가르쳐 왔다.

"네 엄마에게 배우길 원하는 줄 알았다."

"물론 필요하면 어머니께도 배울 겁니다. 그전에 아버지께 먼저 배우고 싶어서요."

사실 아버지 말씀처럼 어머니에게 먼저 갈까 생각했다. 출도 후 주로 사용해 온 것도 어머니 무공이었다. 아버지에 대한 반항 때문만은 아니었다. 아버지 무공은 뭐랄까. 조금 어렵고, 답답한 느낌을 주었다. 어머니 무공은 쓰고 나면 시원하고 통쾌했다. 반면 아버지의 무공은 출수하고 나면 가슴이 먹먹한 느낌이었다.

하지만 발걸음은 결국 아버지에게로 향했다. 왜인지 이유는 알 수 없었다. 굳이 설명을 붙이자면 옳은 길을 권하는 마음속 깊은 곳의 조언을 따랐다고 할까?

적수린이 담담히 물었다.

"두 무공 모두를 대성하고 싶으냐?"

"네."

"불가능한 일이다."

적수린의 단정에 적이건의 눈이 반짝였다.

"어려운 것입니까? 불가능한 것입니까?"

적이건의 물음에 적수린은 잠시 아들을 응시했다. 아들이 자신을 먼저 찾아와 준 것이 너무나 고마웠다. 이건이가 크면서 갈등이 늘어 서먹해졌지만, 누가 뭐래도 가장 아끼고 사랑하는 자식이다. 야단을 치고 화를 냈지만, 누군가 자식을 건드린다면 협의로 그를 다스릴 자신이 없을 단 하나의 핏줄이다.

적이건이 다시 반복해서 물어왔다.

"절대 안 되는 일입니까?"

자신과 유설하의 피를 모두 물려받은 아들이었다. 자신은 불가능할지 몰라도 아들은 가능할지 모를 일이다. 그녀의 재능을 물려받았다면.

"어려운 일이다."

적수린의 솔직한 대답에 적이건의 표정이 밝아졌다.

"이제 한쪽 무공을 선택해서 꾸준히 연마해 나가는 것이 어떻겠느냐?"

"전 두 가지 무공을 모두 대성할 겁니다."

망설임없는 씩씩한 대답이었다.

"이유는?"

"들으시면 화내실 겁니다."

"화 안 낸다."

"……."

"말해보거라."

적이건이 고개를 들고 당당하게 말했다.

"양쪽 무공을 모두 대성해야 천하제패의 가능성이 있기 때문입니다."

적수린은 깜짝 놀랐다.

적이건의 표정에는 진심이, 그리고 앞으로 어떤 일이 닥쳐오더라도 헤쳐 나가겠다는 의지가 담겨 있었다.

옳은 선택이긴 했다.

지금부터 구화마공만을 대성한다고 해서 천마를 이길 수는 없을 것이다. 마공에 대한 깊이와 내공의 차이는 절대 극복할수 없을 테니까. 그것은 질풍세가의 무공 역시 마찬가지였다.

하지만 상대의 무공이라면 사정은 좀 다를 것이다. 분명 이길 가능성도 있다.

물론 그것은 너무나 희박한 가능성이었다.

"정말 하려느냐?"

"이미 칼을 뽑았습니다. 많은 이들이 죽었구요. 그들을 위해서라도 진심으로 하렵니다."

예전의 아들이 아니었다.

치기 어린 반항기와 장난기는 이제 찾아볼 수 없었다.

협객의 삶조차 아들에게 부담이 될까 양보를 하려 했는데. 아들은 그보다 열 배, 백배는 더 힘든 패웅(覇雄)의 길을 가려고 한다.

문득 아내가 했던 말이 떠올랐다.

"건이가 그런 꿈을 꾸는 것은 우리 자식이기 때문이에요."

덧붙여 그것이 그녀 자신의 피를 물려받아서 그렇다고 했지만… 그건 틀린 말이다.

자신들의 피를 물려받아서일 것이다. 지금 이 순간, 울컥 가슴이 격동하는 것 또한 자신 역시 그런 패자(覇者)의 피가 몸속 어딘가에 있기 때문일 테니까. 애써 억누르고 참고 살아왔기 때문이니까.

물론 죽을 때까지 단 한 번도 그 마음을 드러내진 않을 것이다. 가끔은 영원히 가슴속에 묻어둬야 하는 일들도 있는 법이니까.

"따라오너라."

적수린이 뒤채의 화원으로 걸어나갔다.

번을 서던 수하를 불러 목검 두 자루를 가져오게 했다.

한 자루를 아들에게 던져 주고 마주 섰다.

"네가 은하유성검식과 구화마도식을 모두 익힐 수 있었던 이유를 아느냐?"

"그게 굉장히 어려운 일인가요?"

"그렇다."

"그렇다면 제 오감이 워낙 뛰어나서가 아닐까요?"

아들의 농담에 적수린이 피식 웃었다.

"딱히 부정하진 않겠다만 답으로는 틀렸다."

적이건이 적수린을 보며 웃었다. 조금은 편한 웃음이 자연스럽게 나왔다.

이렇게 쉬운 것을. 조금만 먼저 다가서서 이렇게 이야기를 꺼내면 아무것도 아닌 것을.

왜 그렇게 아버지가 어렵게 느껴졌던 것일까?

"두 무공을 모두 배울 수 있었던 것은 네 어머니 덕분이다."

의외의 말에 적이건이 놀랐다.

"무슨 말씀이신가요?"

"너도 알다시피 구화마공은 극양의 무공이다. 남자라 하더라도 양기가 왕성하고 타고난 무재(武才)가 아니면 절대 대성할 수 없는 무공이지. 그런 무공을 여자인 네 어머니가 대성을 이뤘다."

"정말 대단하다고 생각합니다."

"대단한 정도가 아니지. 네 어머니는 무공에 있어선 천재라고 볼 수 있다. 날 만나지 않고 그대로 무공 수련을 계속했다면 아마 당대의 천하제일인은 네 어머니였을 것이다."

"후회하시나요?"

불쑥 물어온 아들의 물음에 가슴이 조금 먹먹해졌다. 물론 아주 가끔 후회할 때도 있다. 자신을 만나지 않았다면 그녀는 더 행복한 삶을 살고 있지 않았을까? 물론 그건 그녀를 너무나 사랑해서 하는 후회였다.

"후회하지 않는다."

단호히 대답한 적수린이 다시 본론으로 돌아갔다.

"네게 전수된 구화마공은 기존의 극양의 기운이 십에서 칠로 바뀐 경우다. 물론 그렇다고 위력이 떨어졌다고 볼 순 없다. 그만큼 더 정교하고 매끄러워졌으니까."

적이건은 아버지의 말을 단번에 이해했다.

구화마공은 극양의 마공.

원래의 구화마공이라면 절대 아버지의 무공과 함께 익힐 수 없었다는 뜻이었다.

하지만 그것이 어머니를 거치면서 한차례 순화된 것이다.

덕분에 두 분의 무공 모두를 익힐 수 있었던 것이고.

물론 자신의 재능과 어머니와 아버지가 직접 가르쳤기에 가능한 일이기도 했다.

적수린이 표정을 굳혔다.

"지금까지는 그런 이유로 두 무공을 익힐 수 있었지만, 대성을 이룬다는 것은 완전 별개의 문제다."

한마디로 차원이 다른 문제란 말씀이시다.

대성을 이룬다는 것은 완전히 그 무공과 하나가 되는 경지.

물론 대성이라고 같은 대성이 아니었다. 대성을 이룬 후에도 수많은 단계가 또다시 기다리고 있는 것이다.

"정말 뼈를 깎는 노력이 필요할 것이다. 그래도 해보겠느냐?"

"네."

적이건은 망설이지 않았다. 더 이상 생각할 문제가 아니었다.

적수린이 고개를 끄덕였다.

"좋다."

적이건은 그 좋다란 말이 너무나 기분 좋게 들렸다. 이제 시작이란 말이었으니까.

"네가 배워야 할 이론적인 부분은 모두 배웠다."

그게 채 열 살도 되지 않았을 때였다.

이후 꾸준히 무공이 발전해 왔다. 말 그대로 꾸준히였다. 얼마나 빨리 늘었는지, 제대로 늘었는지 심각하게 생각해 본 적이 없었다. 그 무공으로도 지금까지 불편한 적이 없었으니까.

적수린이 목검을 겨눴다.

아들의 무공이 어느 정도인지 정확히 알아보려는 것이었다.

적이건이 심호흡을 크게 했다. 아버지와의 비무대련은 정말 오랜만이었다.

"초식으로만 합니까?"

"내키는 대로 하렴."

자신만만하신 아버지에게 자신이 얼마나 성장했는지를 보여줄 때가 된 것이다.

"부자지간에 피 튀길 일 있나요? 초식대결로 하죠."

적이건의 말에 적수린이 미소를 지었다. 그때 알았어야 했다. 아버지에게도 악마적인 기질이 있다는 것을. 저 웃음이 바로 그 시작이란 것을.

쉬이잉!

적이건이 몸을 날렸다. 목표는 적수린의 손목이었다.

적수린이 손목을 비틀어 날아들던 목검을 가볍게 쳐냈다.

따앙!

목검과 목검이 부딪치는 순간.

적이건의 손목이 끊어질 듯 욱신거렸다.

적수린의 이어지는 공격은 없었다. 적이건이 훌쩍 뒤로 물러서며 물었다.

"혹시 내공 쓰신 것 아닙니까?"

"전혀."

그래. 아버지가 그럴 리 없지. 그런데 왜 이리 아프지. 정말 손목이 끊어질 듯 아팠다.

이번에는 적수린이 먼저 달려들었다.

순식간에 거리를 좁혀온 적수린의 목검이 적이건의 어깨를 노리며 날아들었다.

따당!

그렇게 빠른 공격이 아니었기에 적이건은 무난히 막아냈다.

찌잉—!

마치 벼락이라도 맞은 것처럼 손목이 찌릿했다.

"잠깐만요!"

적이건이 뒤로 물러났다.

적이건이 파르르 떨리는 손목을 꽉 쥐었다.

뭐지, 이 타격감은?

이런 느낌은 처음이었다. 단순한 힘의 차이가 아니었다. 이보다 더 강한 힘에도 여러 번 맞아봤다. 하지만 이런 짜릿한 느낌은 아니었다.

"왜 그러느냐?"

정말 모르고 물으시는 걸까? 아버지의 무공 실력에? 그럴 리가 없다. 의뭉스럽기도 하시지.

"벌써 항복이냐?"

"그럴 리가요."

적이건이 마음을 다스렸다.

쉭쉭쉭!

베는 공격에서 찌르는 공격으로 바뀌었다.

세 번째 공격을 마치 밀쳐 내듯 밀어내며 적수린의 검이 쑥 들어왔다.

피해야지란 생각이 몸에 전달되기 전에 이미 팔을 내주고 말았다.

빠악!

아버지가 이렇게 빠르셨나?

그 생각이 드는 순간 고통이 밀려들었다.

"끄아악!"

적이건이 팔을 움켜쥐며 비명을 내질렀다.

어깨가 아니라 팔을 공격한 것은 아들을 아끼는 마음이시겠지만. 팔에 맞은 것만으로도 팔이 떨어져 나갈 것 같은 고통에 휩싸였다.

"내력 안 쓰시기로 하셨잖아요!"

"안 썼다."

믿을 수 없었다. 그냥 내력 없는 몽둥이질이 이렇게 아플 리가 없다.

쉭!

검을 바꿔 쥔 적이건이 다시 검을 날렸다. 오른손으로도 안 된 일이 왼손으로 될 리가 없었다.

파바바바박!

적수린의 목검이 사정없이 적이건을 후려쳤다.

다행히 팔목이나 무릎 등의 주요 관절은 피해서 때렸다.

퍽, 퍽, 퍽, 퍽!

피하려고 애를 썼지만 날아드는 속도가 너무 빨랐다. 게다가 가볍게 때리는 것 같았는데 너무 아팠다.

손을 휘저으며 뒤로 물러선 적이건이 빠르게 소리쳤다.

"이 수련법이 분명 제게 도움이 되겠죠?"

"우리 아버님이 내게 전수해 주신 방법이다."

아주 잠깐 두 사람의 시선이 말없이 허공에서 얽혔다.

아버지의 눈빛은 언제나처럼 맑았다. 아버지의 성격을 잘 안다. 일부러 나를 괴롭힐 분이 아니다.

"그럼 계속해요."

결론적으로 그 말은 계속 때려주세요란 말이 되고 말았다.

퍽, 퍽, 퍽, 퍽!

모질고 강한 공격이었다.

적이건이 비명을 내질렀다. 그럼에도 적수린의 손놀림은 멈추지 않았다.

나름 싸움판에서 실전으로 자란 적이건이었다. 어떻게든 막아보려고 애썼지만 날아드는 속도가 너무 빨랐다.

더 이상 버티지 못하고 적이건이 쓰러졌다.

헉헉거리며 숨을 헐떡이는 적이건을 말없이 내려다보던 적수린이 그대로 안으로 들어갔다.

오히려 맞은 것보다 그게 더 서러워 적이건이 입술을 잘근 깨물었다.

다음날, 적이건은 다시 찾아갔다.

온몸이 욱신거려 일어나기도 힘든 상태였다.

하지만 적이건은 애써 태연히 적수린 앞에 섰다.

"오늘도 같은 수련인가요?"

"그렇다."

적이건이 가볍게 한숨을 내쉬었다.

어제 맞은 곳을 또 맞는다면 정말 골병이 들지도 모른다는 생각이 들었다.

그렇다고 봐줄 것 같지 않았다.

"하겠느냐?"

저 준엄한 표정만 봐도 그렇다.

적이건이 고개를 끄덕였다.

"하겠습니다."

"좋아, 시작하자."

적수린이 목검을 들었다.

적이건이 어제와 다른 준비자세를 취했다. 바로 구화마도식
이었다.

적이건이 싱긋 웃으며 말했다.

"아무래도 이 방법이 최선인 것 같아서요."

어젯밤 내내 생각해 낸 방법이었다. 일반 방법으로는 아버
지의 공격을 막을 수 없다.

의미심장한 미소를 지으며 적수린이 천천히 다가섰다.

구화마도식은 역시 선공의 묘를 지닌 무공.

쉭!

적이건이 과감하게 검을 찔러 나갔다. 물론 내력이 없는 공
격이었다. 하지만 무공이 지닌 기세만으로도 굉장한 위력을
발휘하고 있었다.

다섯 수가 순식간에 지나갔다.

이게 제대로 먹히는구나란 생각을 하는 순간.

딱!

적수린의 검이 사정없이 적이건의 손등을 때렸다.

"아악!"

이 아픔은 정말이지 참을성, 인내력과는 아무 상관이 없었

다. 맞는 순간 절로 비명이 나오게 되는 그런 아픔이었다.

하지만 어제처럼 무기력하게 당해줄 생각은 없었다.

적이건이 기습적으로 회전하며 적수린의 옆구리를 노렸다.

쉭!

회심의 일격이었지만 적수린은 가볍게 검을 피했다.

"좋은 시도였다."

적수린이 반격을 시작했다.

아버지의 움직임은 분명 정통이었다. 정통이기에 변칙이 통해야 했다. 하지만 통하지 않는다. 분명 맞을 것도 같은데. 도대체 왜지?

퍽, 퍽, 퍽, 퍽!

잠시 신경이 분산된 대가는 사정없는 매타작이었다.

어제보다 더 큰 비명 소리가 장원을 뒤흔들었다.

"대체 기습이 먹히지 않는 이유를 모르겠어요."

퉁퉁 부어오른 상처만큼이나 불퉁하게 나온 적이건의 양 볼을 쳐다보며 유설하가 미소를 지었다.

"아프겠구나."

"정말 죽도록 아프네요."

유설하가 상처에 바르는 약을 챙겨왔다.

"벗어봐라."

적이건이 웃통을 벗었다. 시퍼런 멍 자국이 온몸을 덮고 있었다. 온몸이 멍투성이였지만 관절의 부상은 전혀 없었다. 그만큼 기술적으로 때렸단 증거였다.

유설하가 조심스럽게 팔과 가슴에 약을 발라주었다.

"아아아아!"

"엄살은. 이제 엎드려라."

적이건이 침상에 엎드렸다. 유설하가 등에 약을 발랐다.

"아버지가 이렇게 폭력적인 분이란 것을 처음 알았다니까요."

"폭력적이란 말은 올바른 표현이 아닌 듯하구나."

"지금 제 몸을 보시고도 그런 말씀을 하세요?"

"쇠도 두드려야 단단해지는 법이지."

엎드려 있던 적이건이 슬쩍 미소 지었다. 짐작대로 그냥 마구잡이로 두들기는 것이 아니란 생각을 하고 있었는데 어머니의 말씀을 들으니 확실히 알 수 있었다. 아버지는 그 두들겨 패는 것마저 아들에게 도움이 되는 훈련을 시키고 계시는 거였다.

찰싹!

"아얏!"

"다 됐다. 이제 일어나."

적이건이 일어나 옷을 걸쳤다.

"한데 왜 이렇게 아프죠?"

"맞을 때 어떤 느낌이더냐?"

"짜릿짜릿, 벼락에 맞는 느낌이에요."

유설하가 의미심장한 미소를 지었다.

"뭔가 있죠?"

적이건의 물음에 유설하가 고개를 끄덕였다. 뭔가 있는 정도가 아니었다. 남편에게 있어 가장 중요한 무공이었다.

"그게 바로 진원지기(眞元之氣)의 힘이다."

진원지기란 말에 적이건이 깜짝 놀랐다. 진원지기는 무인에게 있어 가장 근간이 되는 내력으로 함부로 사용하는 것이 아니었던 것이다. 내공이 모두 소멸되면 진원지기를 사용해야했다. 일반 내공과는 달리 한 번 쓰면 다시 모으기 매우 힘든 것이 바로 진원지기였다. 최소 열 배, 경우에 따라선 백배의 노력을 기울이고도 회복할 수 없는 것이 진원지기였다.

아버지의 목검에 담긴 힘이 진원지기라고?

적이건이 걱정스럽게 유설하를 쳐다보았다.

아들의 마음을 짐작한 유설하가 밝은 얼굴로 말했다.

"걱정하지 않아도 된다. 네 생각보다 네 아버진 훨씬 강한분이시다."

"그렇다면 다행이고요."

적이건이 안도했다. 괜히 자신을 가르친다고 아버지가 진원지기를 소모하는 것은 절대 바라는 바가 아니었다. 하지만 그것은 적이건이 생각하는 것과 많이 달랐다.

"내공을 사용하지 않는 비무를 하던 중이었지?"

"그렇지요. 앗! 그렇다면 아버진 반칙을 하신 거잖아요!"

그러자 유설하가 고개를 내저었다.

"그렇지 않다."

"네?"

"아버진 그 진원지기를 내공처럼 사용하신 게 아니다."

적이건은 무슨 뜻인지 이해하지 못했다.

"그러면요?"

"단전의 진원지기를 온몸으로 풀어내신 것이다."

여전히 이해할 수 없는 말이었다. 본래 무인의 진원지기는 내력으로 둘러싸인 채 단전에 위치하고 있었다. 자신 역시 그러했다. 어머니 역시 마찬가지일 것이고.

"그런데 그게 온몸에 흐르고 있다고요? 그것도 내력이 아닌 것처럼요? 도대체 어떻게요?"

적이건의 말이 빨라졌다. 그만큼 놀라고 흥분한 것이다.

유설하는 그저 미소만 지을 뿐이었다. 유설하 역시 처음 그 사실을 알았을 때는 꽤 놀랐었다.

이후에 진원지기의 독특한 운용이 질풍세가의 무공에 있어 아주 중요한 부분이란 것을 알게 되었다.

아들의 놀람은 당연한 것이었다.

적이건이 항의하듯 물었다.

"그렇다면 왜 지금껏 제게 가르쳐 주지 않으신 거죠?"

"그야 아직 배울 때가 안 되었으니까."

"그 말은 그만큼 위험하다는 뜻인가요?"

"그렇지. 하지만 전혀 위험하지 않기도 하단다."

"무슨 뜻이죠?"

"보통 사람에게는 절대 불가능한 일이기도 하니까."

그 말에 담긴 어떤 느낌은 다음 질문을 유도했다.

"설마 어머니도 불가능한 일인가요?"

"구화마공에도 그와 비슷한 방식이 있다. 하지만 나는 사용해 본 적이 없다."

진원지기를 이용하는 수법은 그만큼 위험한 것이었다.

"질풍세가의 무공은 그만큼 정교하고 세밀한 무공이다."

구화마공과 쌍벽을 이룬 무공이었다. 그 깊이와 정밀함은 이루 말할 수 없을 정도였다.

유설하가 미소로 아들을 응시했다.

"아마도 네게 깨닫게 해주고 싶으신 것이 있는 듯하구나."

분명 어머니는 그게 무엇인지 짐작하고 계실 것이다.

"물론 어머니는 그게 무엇인지 제게 말씀해 주시지 않겠지요?"

유설하가 당연하다는 미소를 지었다.

적이건이 씩씩한 얼굴로 자리에서 일어났다.

"저 가볼게요."

돌아서는 아들에게 유설하가 한마디 덧붙였다.

"네 아버지 무공은 정통 중의 정통이다."

아들의 첫 질문에 대한 대답이었다.

"진짜에게는 그 어떤 변칙도 통하지 않는 법이지."

그 말에 적이건은 문득 깨달아지는 바가 있었다.

아버지와 비무를 할 때, 숨이 막히는 느낌이 바로 그것 때문이었다.

이렇게 공격해도 막히고 저렇게 공격해도 막힐 것 같은 답답함.

유설하가 웃으며 손을 흔들었다.

"조금 덜 맞을까 해서 해주는 귀띔이지."

적이건이 씩 웃으며 다시 돌아섰다.

"아버지 약도 준비해 두시라고요."

방을 나서는 아들의 모습을 유설하가 흐뭇하게 쳐다보았다.

아들이 남편을 먼저 찾아갔다는 말을 듣고 매우 기뻤다. 자신을 먼저 찾아왔더라도 남편에게 보냈을 것이다.

누구의 무공을 배우느냐는 중요하지 않다.

어떤 방식으로 배우느냐도 중요하지 않다.

유설하는 아들이 남편에게서 무공뿐만 아니라 인생을 배우길 바랐다. 적어도 그 점에 있어서는 남편이 자신보다 훨씬 훌륭한 사람이었다.

지난 이십 년을 부부로 살면서 남편에게 많은 것을 배웠다. 그것을 이제는 적이건이 배우길 바란다. 둘이 함께 지내다 보면 많은 것을 배우게 될 것이다. 자신이 그러했듯이 말이다.

열흘 후, 적이건과 적수린은 언제나처럼 마주 서 있었다.

지난 십여 일 동안 적이건은 하루도 빠짐없이 적수린을 찾았다.

적수린의 매타작은 하루도 빠짐이 없었다.

매도 자꾸 맞다 보니 적응이 된다고, 이제 맞는 것에 이골이 난 적이건이었다.

적이건은 몰랐지만 아주 미세하게 때리는 강도도 커지고 있었다. 워낙 아프기 때문에 그 차이를 알지 못한 것뿐이었다.

적이건을 향한 적수린의 눈빛에 곧 있을 매타작과는 상반된 따스한 애정이 담겼다. 쉽게 포기하지 않을 것이라곤 생각했지만 아들이 이렇게 끈기가 있다는 사실에 적수린은 내심 놀라고 있었다.

오래전 아버지가 자신을 가르치던 그때가 생각났다. 자신은 채 오 일을 버티지 못하고 달아났었다. 너무나 아파서 목구멍으로 죽도 넘어가지 않을 정도였으니 당연한 일이라 생각했다. 한데 아들은 열흘을 버티고 있었다.

'나보다 낫구나.'

내심 흐뭇했지만 적수린은 내색하지 않았다.

언제나처럼 딱딱한 태도로 적이건을 대했다.

"오늘도 괜찮겠느냐?"

변함없는 물음에 적이건이 삐죽 입을 내밀었다.

"쥐 생각 해주실 필요 없습니다."

"하하하. 네 뜻이 그렇다면야."

목검을 움켜쥔 적이건의 손에 힘이 들어갔다. 아직 한 대도 반격을 해보지 못한 상태였다.

육체의 아픔 정도는 얼마든지 참을 수 있다. 하지만 발전없이 계속 당하기만 하는 것은 자존심이 허락하지 않았다.

"자, 간다."

적수린이 다시 달려들었다. 요령이 붙을 대로 붙은 적이건은 쉽게 적수린에게 당하지 않았다.

세 번의 공격 중 한 번의 공격은 피할 수 있게 되었고.

따악, 딱!

두 번 연이어 검과 검이 맞부딪쳤는데 적이건은 검을 떨어뜨리지 않았다.

결국 이러다 흠씬 두들겨 맞는 것은 변함이 없지만 첫날과 달라진 것이 있었다.

우선은 그 뇌전이 흐르는 듯한 타격에 익숙해진 것이다. 절로 터져 나오던 비명은 이제 참을 만해졌다.

그것만 해도 대단한 성과였는데 가끔은 이렇게 반격까지 시도했다.

쉬익.

적이건의 목검이 적수린의 얼굴을 스치고 지나갔다. 바람 소리가 귀를 찢을 정도로 강력한 공격에도 적수린은 눈 하나 깜짝하지 않았다.

그야말로 아버지는 철옹성의 철벽처럼 느껴졌다. 어머니가 말씀한 진짜란 것이 어떤 것인지 날이 갈수록 확실히 깨닫고 있었다. 올려다보면 끝이 보이지 않는 성벽 아래 서 있는 느낌.

과연 아버지에게 약점이 없을까?

그렇지는 않을 것이라 생각했다. 어떤 인간도 약점이 없을 순 없다.

할아버지와 아버지가 싸우면 모르긴 해도 반대 입장이 되겠지? 물론 이렇게 일방적이지는 않겠지만.

그렇게 생각해 본다면 분명 아버지에도 허점은 있을 것이다.

망할! 하수에게는 그게 보이지 않는다는 것이 문제지만.

쉭쉭쉭!

적수린의 검이 연달아 날아들었다.

딱딱딱!

이번에는 세 번 연속으로 검을 맞받아쳤다.

손목이 끊어질 듯 아팠지만 적이건은 비명을 지르지 않았다.

그래, 참을 수 있어. 참는다.

적이건이 잘 참아낼수록 적수린의 수법은 더욱 빠르고 모질어졌다.

적수린은 수련만큼은 제대로 확실히 할 때 효과가 있다는 것을 누구보다 잘 알았다. 어설픈 부성애는 의미없는 피멍만 남길 뿐이다.

픽! 픽!

이어지는 날카로운 공격이 적이건의 옆구리와 허벅지를 강타했다. 비명을 애써 억누르며 적이건이 어깨를 노리고 날아들던 검을 힘차게 막았다.

그 순간 적이건도 깜짝 놀랐다. 자신도 모르게 어떤 기운이 목검으로 흘러든 것을 느낀 것이다. 의도한 것이 아니었다.

두 검이 부딪치는 순간.

꽈지지직!

기둥 부러지는 소리를 내며 적이건의 목검이 부러졌다.

"큭!"

외마디 비명과 함께 적이건이 그 자리에 주저앉았다.

"괜찮으냐?"

깜짝 놀란 적수린이 적이건을 부축했다. 지금까지 적이건이 아무리 엄살을 떨어도 눈 하나 깜짝 안 하던 그였다. 하지만 방금 전의 상황은 달랐다.

적수린이 황급히 아들의 등으로 내력을 주입했다.

창백해진 적이건의 얼굴에 금세 화색이 돌았다. 다행히 큰 부상이 아니었다. 그제야 적수린이 화난 얼굴로 야단쳤다.

"어쩌자고 그랬느냐?"

방금 전, 적이건의 목검에 진원지기가 담긴 것이다. 물론 자신의 것에 비해 턱없이 약했지만, 분명 진원지기였다.

진원지기끼리의 충돌은 내공 간의 충돌보다 훨씬 더 위험했다.

"언제 배웠더냐, 진원지기를 검에 담는 방법을?"

"네? 제 검에 진원지기가 담아졌었나요?"

적이건이 의도한 것이 아니란 사실에 적수린이 깜짝 놀랐다.

"아버지와 비무를 하다 보니 어쩌면 저도 할 수 있겠구나라고 생각한 적은 있었어요. 하지만 일부러 진기를 운용한 것은 아니었어요."

아들이 똑똑하다는 것은 알고 있었지만 이 정도일 줄은 몰랐다.

사실 이번 경우는 적이건의 총명함 때문만은 아니었다. 일전에 납치되었을 때, 음약사의 약에 대항하는 과정에서 적이건은 자신의 신체에 대해 어떤 깨달음을 얻었다. 자신의 몸을 확실히 이해하게 된 것이다.

적이건은 지난 열흘간 진원지기를 일으키는 방법에 대해 생각을 했었다. 그 생각이 모여 오늘 무의식적으로 발휘된 것이다.

적수린이 이러한 수련을 시키는 이유는 자신의 진원지기가 담긴 기운으로 아들의 몸을 두드려 피부와 혈맥을 자극하고 단련시키는 것이었다. 일반 타격이 아니었다. 자신의 진원지기가 담긴 타격이었다. 내력을 다루는 무인에게 혈맥의 튼튼함은 그야말로 가장 큰 재산을 얻는 것이었다.

그렇게 혈맥이 강해지면 비로소 진원지기를 움직이는 훈련에 돌입하게 된다. 이 훈련은 매우 중요한 수련이었다. 질풍세가의 직계라면 반드시 거쳐야 하는 훈련이었다. 은하유성검식의 대성을 이루려면 반드시 진원지기를 다룰 줄 알아야 했다.

물론 매우 위험한 수련이었기에 이렇게 자신이 직접 가르치고 있는 것이다. 자신 역시 아버지께 직접 가르침을 받았다.

한데 적이건이 그 방법을 가르치기도 전에 사용한 것이다.

적수린이 적이건을 일으켰다. 아무 일도 없었던 것처럼 적이건이 벌떡 일어났다.

"아버지, 죄송합니다."

적이건이 정중히 고개를 숙였다.

"아니다. 다만 네가 다쳤을까 걱정한 것뿐이다."

사실 놀란 것은 적이건 자신이었다. 방금 전, 놀라시던 아버지의 표정이 잊혀지지가 않았다.

적수린이 진지하게 말했다.

"이제 때가 된 것 같구나."

원래라면 조금 더 있다가 가르칠 작정이었다. 하지만 무의식적으로 진원지기가 움직일 정도라면 이제 시작해도 될 때가 되었다는 생각이 들었다.

때가 되었다는 말에 적이건은 심장이 두근거렸다.

"지금부터 내 말을 잘 들어라."

적수린이 전음으로 진원지기의 운용법을 전수하기 시작했다. 주위에 아무도 없음에도 전음으로 전하는 것은 그만큼 중요하다는 것을 의미했다.

적이건은 단 한 마디도 놓치지 않고 집중해서 들었다.

적수린은 구결을 두 번 반복해서 들려주었다.

"모두 외웠느냐?"

"네."

"이제 내일부터 더욱 힘들어질 것이다."

더욱 혹독한 훈련이 예상되었지만 적이건의 표정은 더욱 밝게 빛나고 있었다.

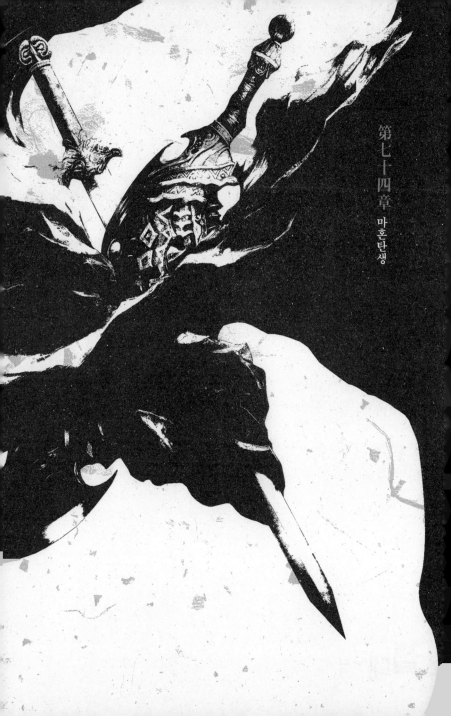

第七十四章 마혼탄생

絶代
君臨
절대군림

"지시하신 대로 곡식을 사들이고 있습니다."

무영의 보고에 차련이 천천히 창고를 돌아보았다. 창고 안
에 가득 쌓인 것은 곡식이었다. 차련이 곡식을 사들이라고 명
령을 내린 것이 칠 일 전이었다.

"더 사들이세요."

그러자 무영이 조심스럽게 물었다.

"이 정도면 신풍대가 귀환한다 해도 한동안은 충분한 양인
데… 그래도 부족하십니까?"

적이건의 명령으로 창천문의 총관을 맡은 차련이었다.

무영도 팔방추괴도 그런 적이건의 결정을 당연하게 받아들

였지만 한편으로는 걱정스럽기도 했다. 과연 나이 어린 차련이 창천문의 안살림을 잘할 수 있을까 하는 걱정이었다.

"네, 아직 부족해요. 좀 더 사들이도록 하세요."

"알겠습니다."

무영이 정중히 고개를 숙였다. 이유를 묻고 싶었지만 묻지 않았다. 공연히 참견하는 것 같아 차련이 불쾌할까 걱정한 것이다.

그런 무영의 마음을 눈치 챈 차련이 미소를 지으며 말했다.

"사들이는 곡식은 저희들이 먹을 것이 아니에요."

"그게 무슨 말씀이시죠?"

"조만간 무한은 물론이고 호북 전역에서 큰 전쟁이 일어날 것이라고 알고 있어요. 맞나요?"

"네, 맞습니다."

이미 남악련과 북천패가의 전초전이 벌어진 상태였다. 아직 전면전의 양상이 아니라 일반 백성들은 그 싸움의 심각성을 알지 못할 뿐이었다. 폭풍전야, 이미 전쟁은 시작되었다.

"싸움이 금방 끝나지는 않을 거예요. 전쟁이 장기화되면 곡식 값이 천정부지로 뛸 거예요."

"아! 그렇겠군요. 그때 다시 곡식을 팔면 막대한 이익을 얻을 수 있겠습니다."

차련이 미소를 머금은 채 고개를 내저었다.

"저희는 곡식을 팔지 않아요."

무영이 의아한 얼굴로 그녀를 응시했다.

"저희에게 필요한 곡식을 제외하고 나머지는 백성들에게 공짜로 나눠 줄 거예요."

"아!"

그제야 차련의 뜻을 완전히 알아차린 무영이었다. 전쟁이 터졌다는 소문이 나는 순간, 모든 생필품 가격이 천정부지로 뛰게 될 것이다. 특히 가난한 백성들은 당장 그날 저녁에 먹을 쌀조차 살 수 없을 것이다.

자신이 사들이지 않아도 반드시 식량 값은 폭등하게 되어 있었다. 남악련과 북천패가의 전면전이 코앞으로 다가왔으니까.

차련이 담담히 말했다.

"물론 돈으로는 손해를 보겠지만 그로 인해 얻게 되는 효과를 무시할 수 없을 거예요."

"옳으신 판단이십니다."

무영이 크게 감탄했다. 사실 차련의 생각은 그리 어려운 것이 아닐 수 있었다. 하지만 전쟁 상황을 미리 고려해 백성들을 위해 쌀을 비축한다는 것은 보통 사람이 쉽게 할 수 있는 생각이 아니었다. 또 그것을 망설이지 않고 실천에 옮기는 것은 더욱 쉽지 않았다.

그것이 차련의 착한 심성에서 비롯된 단순한 박애든 전쟁 국면에서의 창천문의 평판을 고려한 치밀한 작전이든, 어떤 의미에서든 가치가 있었다. 창천문은 이제 새롭게 시작하는 문파였다. 돈보다 강호의 명성이 열 배는 더 중요한 시점인 것이다.

자연 차련을 향한 무영의 시선에 호감이 듬뿍 담겼다.

'아주 좋습니다, 아가씨. 이대로만 하십시오.'

어쩌면 차련이야말로 적이건이 꿈꾸는 창천문의 가장 이상적인 총관이란 생각이 들었다.

차련이 혹시나 하는 마음으로 조심스럽게 물었다.

"혹여 제 계획이 잘못된 것일까요?"

"아닙니다. 아가씨, 아니, 총관님의 계획은 본 창천문에 큰 도움이 되리라 확신합니다."

"그렇다면 정말 다행입니다."

차련이 안도했다. 처음으로 자신의 뜻대로 밀어붙인 첫 일이었다. 몇 번이나 숙고했지만 자신이 미처 살피지 못한 일이 있을까 걱정했는데, 이제 한결 마음이 편안해졌다.

무영이 웃으며 물었다.

"근래 도련님 뵀습니까?"

차련이 고개를 내저었다. 적이건과 만나지 못한 것이 벌써 한 달이 넘었다. 특훈에 돌입한 적이건은 완전히 두문불출이었다. 며칠이면 끝날 것 같았는데 수련이 점점 길어지고 있었다.

차련은 적이건이 너무나 그립고 보고 싶었다.

하지만 절대 내색하지 않았다. 한 번 그런 내색을 하면 스스로 그리움을 참지 못할 것 같아서였다.

대신 차련은 일에 열중했다. 아침저녁으로는 무공 수련에 열중했고, 나머지 시간은 총관 일을 배우고 익혀 나가는데 전력 투자했다.

총관 일이라는 것이 생각보다 재미있었다. 처음에는 돈을 관리한다는 것이 너무나 부담스러웠는데, 하면 할수록 재미있고 매력적인 면이 많았다.

팔방추괴가 회계와 관련된 책자들을 구해주었고 믿을 만한 회계원들을 고용해 그녀를 돕게 했다. 그렇게 한 달이 지나자 그럭저럭 총체적인 일이 파악이 되었고, 독자적인 일을 추진할 여유가 생긴 것이다. 그 첫 번째 독자적인 사업이 바로 식량 구매였다.

사실 총관의 생명이란 자고로 돈 관리를 잘하는 것인데… 그런 의미만을 따지면 총관으로서 실격이다. 하지만 돈보다 중요한 것이 사람이란 생각은 변함없는 그녀의 삶의 철칙이었다.

그때 팔방추괴가 그들에게로 다가왔다.

"오랜만에 뵙습니다."

차련과 팔방추괴가 서로 정중하게 인사를 건넸다. 팔방추괴는 차련에게 적이건과 같은 예를 차렸는데, 그녀를 창천문의 안주인으로 인정했기 때문이었다.

"그렇잖아도 소식 들었습니다. 아주 훌륭하신 생각이십니다."

"아!"

이미 곡식 구매에 대한 정보를 알고 있는 팔방추괴였다. 하긴 모든 정보를 관리하는 팔방추괴가 그 사실을 모른다면 그게 이상한 일이었다.

"그렇게 생각해 주시니 정말 다행입니다."

"제가 미처 생각지 못한 부분입니다. 저희에게 큰 도움이 될 일입니다."

"감사드립니다."

차련의 볼이 붉어졌다. 부끄러운 마음에 차련이 화제를 바꾸었다.

"현재 남악련과 북천패가의 상황은 어떤가요?"

"일진일퇴를 거듭하고 있습니다. 우리 쪽에서 은밀히 북천패가를 지원하고 있습니다. 물론 병력적인 측면이 아니라 중요 정보들입니다."

팔방추괴가 은밀히 북천패가를 돕지 않았다면 그들은 남악련의 공격을 버텨낼 수 없었다. 그나마 세력의 균형이 맞은 것은 남악련의 주력인 백호대가 괴멸 직전의 타격을 입은 탓이었다.

"이미 양측의 피해가 큽니다. 사망자가 남악련이 백이십, 북천패가는 이백 명이 넘습니다."

생각보다 많은 숫자에 차련이 긴장감을 애써 눌렀다.

언제 죽을지 모를 신세가 무인들이라지만 그들도 엄연한 사람들이었다.

전쟁이 참혹한 이유는 그 슬픔이 죽은 이들에게만 한정되지 않는다는 점일 것이다. 살아남은 가족이란 또 다른 비극을 낳게 되니까. 하지만 이미 시작된 전쟁이었다. 최대한 빨리 전쟁을 끝내는 것이 최선이었다.

"저희 신풍대의 소식은 없나요?"

애써 망설였던 물음이었다. 다행히 팔방추괴의 표정이 밝았다.

"걱정 마십시오. 이미 섬서 일대의 풍운성 산하단체들 대부분을 굴복시켰습니다. 그 과정에서 몇 차례 충돌이 있었습니다만, 다행히 사상자는 경미합니다."

신풍대의 활약 이면에는 풍운성 총군사 홍신의 역할이 컸다. 그는 산하단체들을 적극적으로 설득했다. 자신이 직접 목격한 창천문의 전력이었다. 사도백을 비롯한 지도부가 모두 죽은 이상 버텨봐야 희생만 커진다는 것을 누구보다 잘 알고 있었다.

"이미 신풍대의 선발대가 감숙으로 출발했습니다. 감숙의 장악 역시 시간문제입니다."

창천문의 풍운성 접수는 최대한 은밀하고 빠르게 진행 중이었다.

팔방추괴는 남악련과 북천패가의 세작들의 눈과 귀를 가리는 데 최대한의 노력을 하고 있었다. 결국에는 밝혀지겠지만 최대한 그 시기를 늦추는 것이 이번 작전의 핵심이었다.

다행히 남악련에서는 모든 전력을 북천패가에 쏟아붓느라 정신이 없었다. 북천패가만 흡수하면 천하일통이 현실화된다는 꿈에 부풀어 있었다.

두 사람과 헤어진 차련이 자신의 집무실 쪽으로 걸음을 옮겼다.

차련이 하늘을 올려다보았다. 보는 사람의 마음을 기분 좋게 만드는 화창한 날씨였다.

어제와 변함없는 오늘인데 그 하룻밤 사이 강호는 또 다른 많은 일들이 일어났다.

대부분의 사람들은 그것을 모르고 산다.

적이건을 만나지 않았다면 그녀 역시 모르고 살았을 것이다.

저 멀리 적이건의 개인연무장이 보였다. 문만 열고 들어서면 만날 수 있다. 그 사실이 그를 더욱 그립게 한다.

집무실로 향하던 그녀의 발걸음이 자신의 연무장으로 돌아섰다. 땀이라도 흠뻑 흘려야 할 것 같아서였다.

건, 힘내! 나도 힘낼게!

*　　　*　　　*

"끄아아아아아!"

적이건이 비명을 내질렀다.

그의 오른팔이 풍 맞은 늙은이의 그것처럼 덜덜 떨렸다.

진원지기를 다루는 일은 자신이 생각한 것보다 백배는 더 어려운 일이었다.

단전에서 진원지기를 빼내는 일에만 열흘이란 시간이 걸렸다. 지난 비무 때 무의식적으로 발출된 것은 그야말로 아주 작은 양이 흘러나온 것이었다.

하지만 적수린이 가르쳐 준 방식대로 진원지기를 움직이는 것은 대단히 힘들고 어려운 일이었다. 혈맥이 찢어질 듯 아팠다. 그나마 적수린이 혈맥을 두드려 단련시켜 주지 않았다면 시도조차 하기 힘들었을 것이다.

게다가 육체적 고통뿐만 아니라 엄청난 심력을 요구했다. 잠깐 실수가 주화입마로 빠져들 수 있는 것이다. 지켜보는 적수린 역시 매우 신중했다.

"팔에 힘을 빼야 한다. 힘을 주면 줄수록 고통이 더 심해진다."

"저도 안다고요!"

힘을 빼고 싶어도 저절로 힘이 들어갔다. 힘을 주지 않으면 팔이 찢겨져 날아갈 것만 같았다.

적이건의 육체는 이 훈련을 너무나 낯설어했고 두려워했다. 그 결과는 역시 고통이었다.

"끄아아아악!"

적이건이 비명을 내질렀다. 금방이라도 팔이 끊어질 것만 같았다.

"자, 다시 진원지기를 움직여 단전으로 가져간다."

"못해요, 못한다고요!"

"그럼 넌 죽는다!"

"끄응! 그런 말씀을 대놓고 하시다니! 너무하세요!"

"농담하는 걸 보니 아직 살 만하구나! 자, 어서 진기를 유도하거라."

물론 못할 상황은 아니었다.

적이건이 고통을 참으며 다시 진기를 움직였다.

정말 말로 표현할 수 없는 고통이 팔을 훑으며 지나갔다.

"와! 정말 끝내주는군요!"

이런 객쩍은 소리라도 하지 않으면 견딜 수 없을 것 같았다.

적수린은 대단히 만족스러웠다. 아들의 성취는 하루가 다르게 발전하고 있었다. 자신이 오른팔로 진원진기를 옮겨오는 데 석 달이 걸렸다. 한데 아들은 한 달 만에 그 일을 해냈다. 적어도 자신보다 세 배는 더 재능이 있는 것이다. 한마디로 가르치는 맛이 있었다.

진기가 어깨를 지나자 적이건의 표정이 한결 편해졌다. 단전에서 멀어질수록 그 고통이 심해지기 때문이었다.

진기가 단전으로 향했다.

그렇게 단전으로 들어가려던 그때였다.

스스스슷.

이상한 한기가 적이건의 온몸을 엄습해 왔다.

뭐지?

적이건은 깜짝 놀랐다. 혹시 주화입마의 전조일까 싶어 가슴이 철렁 내려앉았다. 이런 느낌은 처음이었다.

귀가 먹먹해지며 머릿속이 하얗게 비어버리는 것 같더니 다음 순간.

슈우우우우욱!

발밑의 땅이 사라지며 그대로 추락했다. 아니, 그런 기분이 들었다.

으아아!

비명을 내질렀지만 입 밖으로 소리가 나지 않았다. 자신의 비명이 머릿속에 울려 퍼졌다.

계속 어딘가로 빠르게 떨어져 내렸다. 무엇인가 잡아당기는 기분, 아주 기분 나쁜 느낌이었다.

이윽고 바닥에 도착했다.

푸우욱.

두 다리가 깊은 늪에 빠진 것 같았다.

적이건이 눈을 떴다.

어둠 속에 홀로 서 있었다.

도대체 뭐지?

아무리 생각해도 주화입마 같았다. 아버지가 옆에 계시는데 왜 자신을 깨우지 않는지 궁금했다. 자신을 부르는 목소리라도 희미하게 들릴 법한데.

너무 캄캄해 아무것도 보이지 않았다. 잠시 눈이 어둠에 적응이 될 때까지 기다렸다. 하지만 아무리 기다려도 주위는 밝아지지 않았다.

그것은 절대어둠이었다.

움직이려 했지만 한 발짝도 움직여지지 않았다. 마치 어둠이 자신의 몸을 완전히 감싸 버린 것 같은 기분이었다.

정말 이대로 끝장나는 것이 아닐까?

공포심이 적이건을 지배하던 그 순간.

두근두근.

적이건의 가슴이 서늘해지며 심장이 뛰기 시작했다.

무엇인가를 느낀 것이다.

자신의 정면 어둠 속에… 누군가 있었다.

"누구?"

등줄기가 서늘해졌다. 느낄 수 있었다. 분명 살아 있는 존재였다.

"거기 누구야!"

적이건이 소리쳤지만 아무 반응이 없었다.

내 말이 밖으로 들리지 않는 걸까?

귀를 기울여 상대를 느끼려 애썼다. 상대의 호흡이 느껴지지 않았다. 하지만 적이건은 확신했다. 상대가 살아 있다는 것을. 그냥 알 수 있었다.

이제 심장은 터질 듯이 세차게 뛰었다.

심장 박동이 최고조에 도달했을 그때 무엇인가 어둠 속에서 눈을 떴다.

말로 표현할 수 없이 섬뜩한 그 눈빛을 마주 보는 순간.

온몸이 타버릴 것 같은 끔찍한 고통이 밀려들었다.

"아아아아아아아아악!"

도저히 참을 수 없는 고통이었다. 그 고통에 즉사하지 않은 것이 다행이란 생각이 들 정도로 끔찍한 고통이었다.

순간 적이건이 허공으로 솟구쳐 올랐다. 무엇인가 강맹한 힘이 잡아당겼다. 마치 시간이 거꾸로 흐르는 것 같았다.

슈우우우우우우우!

그리고 한순간에 찾아온 평화.

"괜찮으냐?"

아버지의 목소리에 적이건이 눈을 번쩍 떴다.

앞서 훈련하던 개인연무장이었다.

적수린이 걱정스럽게 적이건을 쳐다보고 있었다.

"어떻게 된 일이죠?"

적이건의 물음에 적수린이 조금 심각한 표정을 지었다. 그것은 자신이 물어봐야 할 질문이었다. 갑자기 적이건이 비명을 질렀다. 적이건에게는 꽤 긴 시간처럼 느껴졌지만 현실에서는 찰나의 시간만이 흐른 것이다.

"일단 호흡부터 가다듬어라."

"네."

적이건이 눈을 감고 내력을 운용했다.

다행히 진원지기는 단전에 얌전히 들어가 있었다.

일주천을 마친 적이건이 아무렇지도 않게 자리에서 일어났다.

"몸에 이상은 없느냐?"

"네. 아무 이상도 없습니다."

"어떻게 된 일이냐?"

"잠시 집중력을 잃은 것 같습니다."

적이건은 방금 전의 상황을 말하지 않았다.

적수린이 안도하며 말했다.

"이 수련은 항상 조심해야 한다. 완전히 몸에 익을 때까지 절대 방심해선 안 돼."

"네, 명심할게요."

적이건은 방금 전에 보았던 그 무시무시한 눈동자에 대해 말하지 않았다.

그것은 분명 아버지의 무공과 관계가 없는 것이었다. 본능적으로 알 수 있었다.

도대체 뭐였을까?

그냥 우연한 현상이라고 하기에는 너무나 생생한 눈빛과 고통에 적이건의 표정은 심각했다.

보름 후, 이제 적이건은 진원지기를 온몸 구석구석으로 이동시킬 수 있게 되었다. 물론 아버지처럼 그것을 자유롭게 다루는 경지는 아니었고 이제 겨우 걸음마를 뗀 정도였다. 하지만 그 정도만 해도 대단한 성취였다.

적수린은 아들의 재능에 고개를 내젓고 말았다. 자신이 거기에 도달하기까지 구 개월이 걸렸다.

'날 닮지 않고 네 어머니를 닮은 것을 행운이라 여겨야 할 것이다.'

어쨌든 수련은 한 고비를 넘겼다. 이제 남은 것은 반복수련이었다.

항상 옆에서 지켜보던 적수린은 가끔씩 자리를 비우기도 했다. 그럴 때마다 적이건은 큰소리를 쳤다.

"음하하하하! 이제 걱정하지 마시라니까요!"

"너와 똑같은 아들을 낳아봐야 이 걱정을 안다."

사실 말과는 달리 적수린은 아들을 확실히 믿고 있었다. 예전과는 많이 달라진 아들이었다. 고통을 참아내며 수련에 매진하는 모습만 봐도 알 수 있었다.

적수린이 잠시 자리를 비운 사이, 적이건이 마지막으로 진원지기를 움직였다.

모든 것이 순조로웠다. 그렇게 진원지기를 온몸 구석구석 돌리고 나서 다시 단전으로 움직일 때였다.

스스스스스슷.

한기가 돌며 적이건의 몸이 떨렸다. 귀가 먹먹해지며 머릿속이 하얗게 비기 시작했다. 그날의 현상이 다시 발생한 것이다.

오히려 잘됐어.

슈우우우우우―

아래로 추락하는 그 기분 나쁜 느낌은 여전했지만 한 번 겪었던 일인지라 이번에는 다소 여유가 있었다.

그렇게 적이건이 어둠 속에 홀로 섰다. 여전히 익숙해지지 않는 어둠이었다.

우연한 일이 두 번이나 생기지는 않을 것이다. 이 암흑은 분명 자신과, 자신의 무공과 관련이 있었다.

주화입마나 심마의 통로일지도 모른다는 생각이 들었다.

하지만 그렇다고 부정하고 싶지는 않았다.

자신을 자꾸 끌어당기는 이상 무엇인지 정확히 알아내야 했다. 폭천뢰를 안고 편히 잠을 잘 수는 없는 법이니까.

그곳에 분명 무엇인가 있었다.

"넌 누구지?"

적이건이 나직이 말했다. 여전히 말소리가 자신의 머릿속에

울렸지만 적이건은 그 존재가 자신의 말을 듣고 있다고 생각했다. 그런 느낌이 들었다. 듣지 못한다면 자신을 이곳에 부르지 않았을 것이다.

"네가 누군지 말해줘."

그러자 반응이 있었다.

웅웅웅웅.

공간이 흔들린 것이다.

적이건이 크게 소리쳤다.

"너와 이야기를 나누고 싶다."

우우우웅.

다시 한 번 공간이 진동하더니 눈동자가 눈을 떴다.

번쩍!

"아아아아아아악!"

다시 적이건이 비명을 내질렀다.

미리 대비를 했음에도 도저히 그 고통을 참을 수 없었다. 온몸이 활활 타버리는 것 같았다. 숨조차 쉴 수 없었다.

고통이 극에 달했을 때, 적이건이 눈을 번쩍 떴다.

연무장 한가운데 혼자 서 있었다.

"후우, 후우."

적이건이 거칠게 숨을 몰아쉬었다. 땀이 뚝뚝 떨어졌다. 지난번보다 더 고통이 심해진 것 같았다.

방법은 한 가지뿐이었다.

저 고통을 참을 수 있어야 해!

고통을 참을 수 있다면 그 존재와 이야기를 나눌 수 있을 것이다.

그 눈빛의 주인이 누군지 궁금했다. 왜 자신에게 나타났는지도. 그것이 원하는 것이 무엇인지도.

그것을 푸는 방법은 오직 하나였다.

"그 훈련을 다시 받고 싶다고?"

적수린이 의아한 눈초리를 보냈다.

"게다가 훈련 강도를 더 강하게 해달란 말이냐?"

"네, 그러합니다."

적이건의 결심은 단호했다.

"제가 견딜 수 있는 극한이면 좋겠습니다."

"극한이라. 참기 힘들 것이다."

"어떻게든 견뎌보겠습니다."

"이유를 물어봐도 되겠느냐?"

그 암흑 속의 존재에 대해 아버지에게 말해야 할지 순간 적이건은 망설였다.

말하지 않겠다고 마음먹고 있었는데 아버지의 물음에 마음이 흔들린 것이다. 그만큼 근래 수련을 하면서 심적으로 가까워진 탓이었다.

그러나 역시 말씀드리지 않겠다고 마음먹었다. 아버지의 무공을 배우면서 나타난 현상이지만, 결코 아버지 무공의 결과물이 아니었다. 그것이 뿜어내는 어둠의 기운을 떠나서, 그건 그냥 알 수 있었다.

"나중에 말씀드리겠습니다."

잠시 적이건을 쳐다보던 적수린이 고개를 끄덕였다.

"좋다."

적수린은 진원지기를 다루는 수련 중에 적이건에게 어떤 변화가 있었다는 것을 알고 있었다. 위험한 일일 수도 있었다. 예전 같으면 아들을 닦달해서 무슨 일인지 알아내려 했을 것이다.

하지만 이제는 그러지 않았다. 자식과의 가장 좋은 대화의 첫걸음은 그를 믿어주는 것이란 것을 이제는 깨달은 것이다. 지금은 아들을 믿어야 할 때다.

"목검을 가져오너라."

두 사람이 다시 연무장에 마주 섰다.

적수린은 아들의 기도가 달라졌다는 것을 느꼈다. 지금까지의 훈련 덕분이었다. 진원지기를 움직이는 과정에서 혈맥은 더욱 튼튼해지고 강해지며 모세혈관까지 모두 열리기 때문에 외부의 반응에 더욱 빨라지게 된다. 스스로는 느끼지 못하지만 많은 변화가 있는 것이다.

적수린이 진원지기의 힘을 끌어올렸다. 이전의 훈련에 비해 큰 힘이었다.

적수린이 검을 휘두르며 몸을 날렸다.

쉭쉭쉭!

응수타진을 하듯 가볍게 세 번 연속 찔렀는데 적이건이 그대로 맞받아쳤다.

딱딱딱!

"큭!"

적이건의 입에서 비명이 터져 나왔다. 당연했다. 이전보다 거의 두 배는 큰 타격을 받았을 테니까.

적수린의 두 눈이 이채를 발했다. 분명 피할 수 있었는데 적이건이 달려든 것이다.

'싸움의 방식이 달라졌군.'

과연 적이건은 자신의 공격을 피하지 않았다. 오히려 더욱 적극적으로 맞붙으려고 노력했다.

퍽, 퍽!

적이건의 양쪽 옆구리에서 호된 타격이 들어갔다.

"끄응!"

적이건의 두 눈이 벌겋게 충혈되었다. 고통을 참고자 너무나 이를 악다문 나머지 턱이 아팠다.

하지만 적이건은 참았다.

결론적으로 이 훈련은 적이건에게 큰 도움이 되었다. 과거 적수린조차 이런 강도의 훈련을 받지 못했다. 거의 한계치에 근접하는 훈련이었다. 까딱 잘못하면 죽음에 이르는 훈련이었기에 적수린의 심장은 살수의 그것처럼 차가워져 있었다. 절대 실수가 있어선 안 되었다.

퍽퍽퍽퍽퍽!

연이은 타격에 적이건의 몸이 허공으로 붕 떴다.

헤엄치듯 두 손을 휘젓던 적이건이 그대로 땅바닥에 처박혔다.

"허허허허허!"

거친 숨소리만이 연무장에 울려 퍼졌다.

적이건의 눈에서 눈물이 흘러내리고 있었다. 의지의 문제가 아니었다. 몸이 너무 아프다 보니 자연스럽게 눈물이 흘러내렸다. 처음 겪는 일이었다.

'저렇게까지 참으면서 이 훈련을 받으려는 이유가 무엇일까?'

적수린은 궁금함을 애써 억누르며 무뚝뚝하게 말했다.

"오늘은 여기까지 하자."

대답조차 못한 채 적이건은 씩씩거리고만 있었다.

온몸의 근육이 끊어질 것 같았다. 일어날 수도 없었다. 옷깃만 스쳐도 살이 저며지는 고통이 밀려들었다. 그렇게 한참 땅바닥을 뒹굴고 있었지만 적이건의 표정은 그 어느 때보다 밝았다.

기다려. 곧 만나자.

    *   *   *

 열흘 후, 감숙 외곽의 관도를 한 사내가 걷고 있었다.

 커다란 봇짐을 진 그는 부지런히 발걸음을 옮기고 있었는데, 얼핏 봐선 장사를 나선 성실한 상인처럼 보였다. 하지만 그는 겉모습과는 완전히 다른 사람이었다.

 '반드시 전해야 해.'

 사내는 자신이 입수한 정보가 얼마나 중요한 것인지 잘 알고 있었다.

 그는 남악련 소속의 세작이었다. 그의 임무는 감숙 일대 풍운성 휘하 문파들을 감시하는 일이었다.

 두어 달 전부터 감숙 일대의 세작 수가 대폭 감소했다. 북천패가와의 전쟁으로 모두들 하남과 하북지부로 지원을 나간 것이다. 그가 맡아야 할 영역이 평소보다 몇 배나 넓어졌다. 그렇다고 농땡이를 칠 수도 없었다. 상황이 상황인만큼 풍운성의 움직임을 살피는 것 역시 매우 중요한 일이었다.

 그리고 며칠 전, 중대한 움직임을 포착했다.

 감숙의 풍운성 산하문파를 대표하는 대도문(大刀門)이 갑작스럽게 봉문을 했다. 그들은 봉문의 이유를 밝히지 않았다.

 내부 사정으로 봉문을 할 수도 있겠지만 뭔가 이상하다는 것을 느꼈다. 그 일이 있기 열흘 전, 송영문(宋瑩門)의 문주와 백검문(白劍門)의 문주가 병을 핑계로 지역행사에 얼굴을 내보이지 않았던 것이다.

세작 특유의 감이 왔다. 뭔가 수상했다. 우선 대도문을 집중적으로 조사하기 시작했다. 과연 조사 자체가 쉽지 않았다. 그 과정에서 정체를 알 수 없는 이들에게 두 번이나 행적이 발각되었고, 그중 한 번은 목숨을 잃을 뻔했다.

목숨을 건 조사 결과는 그야말로 놀라운 것이었다.

암중세력에 의해 이미 대도문주는 죽었고, 대도문이 와해된 것이다.

지체없이 송영문과 백검문을 조사했다. 그들 역시 사정은 비슷했다. 양측 문주는 병에 걸린 것이 아니었다. 큰 부상을 당한 것이다. 감숙을 발칵 뒤집을 이런 중요한 사실이 외부에 전혀 알려지지 않고 있었다.

가장 놀란 일은 풍운성의 움직임이 전혀 없다는 점이었다.

처음에는 풍운성에서 자체적인 징벌을 가하는 줄 알았다. 하지만 그게 아니었다. 일은 풍운성과 전혀 상관없이 진행되고 있었다.

그리고 오늘 드디어 놀랄 만한 사실을 최종적으로 밝혀냈다. 이미 감숙 내 풍운성 산하 대부분의 문파가 어떤 암중의 세력에 의해 장악당한 것이다. 어떤 이유에서인지 대부분의 문파는 이미 항복을 했고, 대도문을 비롯한 일부 문파가 저항을 시도했던 것이다. 결과는 좋지 않았다.

'빌어먹을! 어떻게 그걸 모를 수가 있었지.'

그렇게 될 때까지 풍운성 본성에서의 지원이 전혀 없었다.

'도대체 풍운성주는 뭘 하고 있는 거지?'

그야말로 본집이 다 털리고 있는데, 집 나간 큰 숙부처럼 아무 소식이 없는 것이다.

이 정보로 인해 자신의 목이 달아날 수도 있는 일이었다. 늦은 상황보고로 상부에서는 자신의 나태함을 벌할 것이다.

하지만 이번 정보는 자신의 세작 인생에서 가장 대박 정보였다. 죽을 때 죽더라도 이런 정보를 보내지 않을 수는 없었다. 최고의 정보를 캐내는 것은 모든 세작들의 꿈이다.

'일 리만 가면……'

남악련 비밀지부에 도착한다. 그곳에서 전서구를 이용할 수 있을 것이다.

전서 한 통이면 충분하다. 이 정보로 남악련 본단이 발칵 뒤집어질 것이다. 자신은 출세를 하거나 문책을 받거나, 둘 중 하나였다.

그렇게 부지런히 발걸음을 옮기고 있었다.

간간이 지나다니는 사람들과는 눈도 마주치지 않았다. 공연한 분란은 결코 원하는 바가 아니었으니까.

저 멀리 길 끝에 목적지인 다루가 보였다. 남악련 세작들을 위한 비밀지부였다.

'다 왔다.'

그 기쁨도 잠시.

푹.

무엇인가 자신의 배를 찔러왔다.

맞은편에서 걸어오던 사내가 다짜고짜 자신의 배에 비수를 박아 넣은 것이다.

그와 일행이던 사내들이 자신의 양쪽 팔을 부축한 채 돌아섰다.

'안 돼!'

고함을 지르려고 했지만 어느새 아혈까지 제압당한 상태였다.

세 사람에 의해 그가 숲으로 끌려들어 갔다.

커다란 구덩이 옆에 사내들이 몇 서 있었다. 사색이 된 사내는 절망했다. 상대는 자신을 죽이기 위해서 이미 이곳에서 기다리고 있었던 것이다. 바로 풍운성을 장악한 그놈들일 것이다.

'빌어먹을! 알려야 하는데!'

상대는 그런 그의 간절함을 알아주지 않았다.

푸욱!

등이 따끔했다.

시커먼 구덩이가 빠르게 다가오는 것을 느끼며 그가 숨을 거뒀다.

사내들이 능숙하고 빠른 손길로 구덩이를 메우기 시작했다.

그에게 비수를 찌른 사내는 바로 신풍일대주 황영기였다.

황영기 주위로 이십여 명의 사내들이 모여들었다. 신풍일대의 무인들이었다. 햇살에 그을려 구릿빛 피부로 변한 그들의 눈빛은 강렬했다. 지난 두 달간의 실전으로 단련된 그들은 지난날의 모습과는 판이했다.

"어떻게 되었나?"

"새어나간 자들 모두 제거했습니다."

일조장의 보고에 황영기가 흡족한 표정을 지었다.

일조장이 조금 걱정스럽게 말했다.

"하지만 처치한 남악련의 세작들이 너무 많습니다. 창월단에서 어떻게든 수를 쓰겠지만 결국 한 달 안에는 이 사실이 남악련에 전해질 겁니다."

그러자 황영기가 미소를 지었다.

"한 달 후면 남악련이 아니라 전 강호에 알려져도 상관없다."

그때쯤이면 신풍대가 모든 풍운성 산하조직들을 확실히 장악하게 될 것이다. 이후의 일은 적이건을 믿으면 된다.

일조원 하나가 날아온 전서의 내용을 전했다.

"놈들이 천수산(天水山)에 집결했다고 합니다. 신풍이대와 삼대가 그들을 포위한 채 명령만 기다리고 있습니다."

황영기가 수하들을 돌아보며 고개를 끄덕였다.

그의 눈빛에 담긴 뜻을 모두 알아들었다. 이제 이 싸움이 풍운성을 정리하는 마지막 싸움이 될 것이다.

황영기가 성큼성큼 앞장서 걷기 시작했다.

"곧바로 출발하지."

*   *   *

"도대체 어쩌다 이 지경에 이르렀을까."

천수산 정상 인근에서 주위를 돌아보며 크게 탄식한 이는 백호파(白狐派)의 백일륭(白一隆)이었다. 그는 이번 저항군의 지도자 격인 인물로 기련산 일대에 널리 명성을 떨치던 인물이었다.

"홍신 그자가 성주님을 배신한 것이 틀림없소."

화난 표정으로 나선 사람은 바로 용하문(龍下門)의 왕백(王伯)이었다.

백일륭이 고개를 끄덕였지만 마음에 걸리는 것이 한둘이 아니었다.

총군사의 충성심은 예전부터 익히 알고 있던 바였다. 쉽게 사도백을 배신했을 리가 없었다. 더구나 홍신은 문사 출신의 군사였다. 결코 배신을 하거나 모반을 일으킬 야심 찬 인물이 아니었다.

"풍운철기대와 칠풍은 도대체 어떻게 된 것일까? 게다가 성주님께는 야신대까지 있지 않습니까?"

흥분한 왕백뿐만 아니라 이 산에 올라 저항을 결심한 모두의 생각이기도 했다. 조금만 참으면 사도백이 달려와 자신들을 구해줄 것이란 미련을 버리지 못했다.

백일륭이 독백처럼 내뱉었다.

"성주님께서는 이미 당하신 것 같소."

왕백은 그 말을 못 들은 척했다. 그는 믿고 싶지 않았다.

백일륭은 사태를 제대로 보고 있었다.

일이 이 지경이 될 때까지 본성의 도움이 없었다면 결국 답은 하나였다. 모두 당했다는 의미였다. 정말이지 당하고도 믿을 수 없는 일이었다.

파죽지세로 밀고 들어온 적들은 순식간에 감숙에 있는 풍운성을 모두 장악했다. 섬서에 보낸 구조 요청은 소용이 없었다. 그 말은 곧 섬서 지역 역시 이미 장악당했다는 뜻이었다.

정말 무서운 일이었다.

섬서 지역의 모든 풍운성 산하단체들이 장악당할 때까지 자신들이 알지 못했다니. 그 어떤 뜬소문조차 듣지 못하다니. 그만큼 적들의 움직임이 신속하고 확실했다는 뜻이었다. 도대체 강호에 어떤 단체가 이런 발 빠른 행보를 보일 수 있단 말인가?

백일륭은 마치 귀신에 홀린 기분이었다. 날이 밝으면 긴 악몽에서 깨어날 것 같았다.

"곧 구조대가 도착할 것이오."

왕백의 확신에 백일륭은 마음속으로 말했다.

'도대체 누가 온단 말이오?'

백일륭은 다가오는 최후를 느끼고 있었다.

그때 수하가 달려왔다.

"적들이 오고 있습니다."

"막아라. 유리한 고지를 활용하라!"

남은 것은 결사항전이었다. 이기지 못하면 죽는 것이다.

또 다른 수하가 달려왔다.

"놈들이 잠시 대화를 나누자고 연락을 해왔습니다."

백일륭이 그 제안을 허락했다.

그들이 있는 곳으로 걸어온 것은 두 사람이었다.

바로 총군사 홍신과 신풍일대주 황영기였다.

"이 찢어 죽일 배신자 놈!"

왕백이 눈을 부라리며 홍신에게 욕설을 퍼부었다.

홍신이 왕백을 무시하고 백일륭에게 말했다.

"잘 지내셨소?"

백일륭이 차갑게 대답했다.

"그대는 정녕 수치도 모르는군."

"어차피 다 끝난 일이오."

홍신의 말에는 돌이킬 수 없는 체념이 담겨 있었다.

잠시 홍신을 응시하던 백일륭이 나직이 물었다. 지금까지 버텨오는 내내 가장 궁금했던 하나였다.

"성주님은 어떻게 되었나?"

홍신은 아무 대답도 하지 않았다. 그 침묵에 대답이 담겨 있었다. 백일룡이 깊은 한숨을 내쉬었다.

'역시 그랬군. 하긴 그랬으니 오지 않은 것이겠지.'

홍신이 차분히 그를 설득했다.

"지금이라도 항복하시오. 공연한 희생을 줄이는 것이 현명한 선택이라 생각하오."

"항복이라……."

황영기가 나섰다.

"항복하면 목숨은 살려주겠소."

"네놈이 누군지 모르지만 항복 따윈 하지 않는다."

싸워서 이길 것이다. 이겨서 놈들을 다 죽이고 성주님의 복수를 할 것이다.

백일룡의 장삼이 내력으로 펄럭였다.

"의미없는 일에 수하들을 희생시키지 마시오."

"이 일은 의미가 있는 일이다."

"그 의미를 치하해 줄 사람은 모두 죽었소."

그 순간 백일룡은 아주 잠시 고민했다. 하지만 그는 항복 따윈 모르고 살아온 사람이었다. 그랬기에 이 산까지 쫓겨오면서 버틴 것이다.

"우린 항복하지 않는다."

황영기가 주위의 무인들을 둘러보며 나직이 말했다.

"어리석은 주인을 만난 것도 결국 당신들의 운명이겠지."

마치 최후를 통보하는 것 같아 모두들 가슴이 서늘해졌다.

백일륭이 소리쳤다.

"우린 죽을 각오로 싸울 것이다!"

"와아아아!"

무인들이 함성을 내질렀다. 사기가 올라갔다.

황영기가 담담히 말했다.

"그럽시다."

황영기의 눈빛이 차가워졌다. 보는 것만으로도 질릴 것 같은 그 눈빛으로 차갑게 명령했다.

"한 명도 살려두지 마라!"

솨아아아아아!

황영기의 뒤쪽 숲에서 신풍대가 일제히 날아올랐다.

거센 폭풍처럼 밀려드는 그 기세에 백일륭은 후회했다.

하지만 이미 때늦은 후회였다.

*　　　*　　　*

파파파파팍!

비 오듯 쏟아지는 목검이 적이건의 온몸을 강타했다.

"하압!"

적이건이 외마디 기합을 지르며 목검을 내질렀다.

쉬잉!

목검이 적수린의 귀밑을 스치고 지나갔다.

깜짝 놀란 적수린이 뒤로 물러섰다. 까딱했으면 얼굴을 강타당할 뻔한 것이다.

"제법이구나."

적수린의 감탄에 적이건이 어깨를 주무르며 말했다.

"맞을 만큼 맞았잖아요."

이제 더 이상 비명을 내지르지 않는 적이건이었다. 재훈련을 시작한 지 딱 한 달 만이었다. 적이건은 오직 훈련에만 매달렸다. 잠자는 시간과 밥 먹는 시간까지 줄여서 훈련했다.

"아프지 않느냐?"

"참을 만합니다."

적수린은 진원지기를 거의 한계치까지 운용하고 있었다. 그 타격을 참아내고 있는 것이다. 그런 아들이 무섭다는 생각이 들 정도였다. 아들에 대한 지금까지의 편견은 완전히 바뀌었다. 아들은 더 이상 철부지가 아니었다. 철부지는 이 고통을 절대 참지 못한다.

적수린은 아들이 왜 이렇게 훈련에 열중하는지 여전히 이유를 알지 못했다.

아버지가 궁금해하지만 묻지 않는다는 것을 적이건도 알았고, 그것은 두 사람 사이를 더욱 튼튼하게 연결해 주는 고리로 작용했다. 아버지가 자신을 어른으로 대접하기 시작했다는 것을 적이건도 느낀 것이다. 사람을 감동시키는 것은 큰 것이 아니다. 큰 것은 언제나 작은 것에서 시작하듯 감동도 그러하다는 것을 적이건은 실감했다.

아버지, 언젠가 꼭 다 말씀드리겠습니다.

그 말조차 적이건은 마음에만 묻고 있었다.

"계속하시죠?"

적이건의 재촉에 적수린이 어이없다는 표정을 지었다. 요즘은 때리는 적수린이 더욱 지치는 실정이었다.

"그러자꾸나."

적수린이 다시 목검을 날렸다.

퍽퍽퍽퍽퍽!

그렇게 적이건의 몸은 강철처럼 단단해져 가고 있었다. 그리고 그 몸만큼이나 고통에 대한 인내력도 커지고 있었다.

                    *   *   *

무한 거리는 한산했다.

땅거미가 지기 전에 모두들 집으로 돌아갔고, 밤늦도록 흥청거리던 기루 골목도 이제는 한산해졌다.

이유는 바로 남악련과 북천패가의 전쟁 때문이었다.

소문으로만 돌던 이야기는 산서 태곡(太谷)에서의 혈전을 계기로 모두에게 밝혀졌다.

민심은 뒤숭숭해졌고 모두들 몸을 사렸다. 물론 북천패가와 남악련의 싸움은 시장을 뒤집고 민가를 덮치는 그런 싸움이 아니었다. 도심을 벗어난 외진 곳에서의 싸움이었다.

하지만 그렇다고 희생자가 없는 것은 아니었다. 언제 재수 없게 그들의 싸움에 휘말려 죽을지 모를 일이었다.

가장 먼저 전쟁을 알아차린 사람들은 무림문파들이 아니었다. 그들은 바로 무기상인들이었다. 강호 정세에 가장 민감한 이들이 바로 그들이었는데 막대한 양의 무기가 양측에 공급되었다. 그야말로 무기상들에게 최대 호황기가 온 것이다.

암전상도 예외는 아니었다.

비밀리에 운영되는 곳이었지만 북천패가나 남악련에서 그들의 존재를 모를 리 없었다. 양측에서는 하루가 멀다 하고 무기를 주문했고, 암전상은 막대한 이득을 얻고 있었다. 물론 그 이득의 상당 부분은 다시 창천문에 재투자되고 있었다.

"할아버지, 이번 태곡 싸움에서 북천패가가 크게 패배했어요."

흑화의 보고에 임상권이 편안한 미소를 지었다.

"당연한 결과다."

"예상하셨군요?"

"그래. 이번 전투는 애초에 북천패가가 지는 싸움이었다."

"대단하세요."

한두 번이 아니었다. 할아버지는 거의 대부분의 싸움 결과를 정확히 예측하고 있었다.

북천패가와 남악련이 전투를 시작한 지도 벌써 석 달이 지났다. 그간 일진일퇴를 거듭하던 양측의 싸움은 점점 남악련 쪽으로 승리가 기울고 있었다.

임하기로는 양인명을 상대하기 역부족이었다. 그나마 팔방추괴가 부지런히 뒷공작을 펼쳐 결과를 최대한 늦춰왔던 것이었다.

이번 태곡전투로 산서 지방까지 남악련의 손에 넘어가게 될 실정이었다.

이제 남은 것은 하북과 산동이었다. 들리는 소문에는 임하기가 요녕으로 가서라도 끝까지 항전하겠다는 뜻을 밝혔다지만, 그건 말처럼 쉬운 일이 아니었다. 한 번 중원에서 밀려나면 재기는 불가능했다. 아니, 남악련에서 그를 살려두지 않을 것이다. 중원 끝까지라도 쫓아가서 없애려 들 것이다.

전쟁이란 한 번 기울어지기 시작하면 급격히 기울어지기 마련, 어제의 전투 결과로 많은 북천패가의 무인들이 이탈을 감행할 것이다.

"북천패가가 끝장나는 것은 이제 시간문제예요."

흑화가 단정 짓자 임상권이 웃었다.

"후후후. 그렇게 생각하느냐?"

할아버지의 웃음에 묘한 반전이 느껴졌다.

"아닌가요?"

"이 싸움의 최종 승자는 북천패가가 될 것이다."

그녀의 의아한 눈망울이 더욱 커졌다.

"어째서죠?"

"적 문주가 그렇게 만들 테니까."

적이건이 언급되자 흑화가 깜짝 놀랐다.

"그 사람이요? 그에게 그럴 능력이 있나요?"

문밖의 대로를 응시하는 임상권의 미소가 더욱 짙어졌다. 그는 휑한 바람에 날아가는 종잇조각을 바라보고 있었다.

"물론이다. 이번 싸움 역시 그가 깊이 개입해 있단다."

흑화는 다시 한 번 놀랐다. 자신이 아는 한 적이건의 창천문은 이번 싸움에 나선 적이 없었다.

그런 흑화의 마음을 이해한다는 듯 임상권이 차분히 말했다.

"앞에 나선다고 그 싸움을 지배한다고 볼 순 없지."

암전상에서 나고 자란 그녀였다. 할아버지의 말뜻을 모를 리 없었다.

'하지만… 도대체 그가 어떤 일을 하고 있단 말일까?'

임상권이 목소리를 낮춰 조심스럽게 말했다.

"풍운성이 그의 손에 들어갔다."

흑화가 너무 놀라 자신의 입을 틀어막았다. 하마터면 비명을 지를 뻔했다.

진지한 할아버지의 표정으로 봐서 절대 장난으로 한 말이 아니었다.

"그게 어떻게 가능하죠?"

"신풍대가 전원 투입되었지."

"사도백은요?"

"그는 이미 죽었다."

흑화의 얼굴은 완전 사색이 되었다.

"설마?"

"그래. 적 문주가 그를 죽였다."

"…믿을 수 없어요."

흑화는 한참 동안 아무 말도 못했다. 멍하게 있던 그녀가 다시 물었다.

"그렇다면 지금 싸움 역시 암중에서 그가 조종을 하고 있단 말인가요?"

"그렇단다. 우리 역시 창천문의 뜻에 따라 무기 공급을 조절하고 있지."

"아아."

흑화는 다시 한 번 감탄했다.

'정말 대단한 사람이었잖아?'

이제야 할아버지가 철신을 적이건에게 보낸 것을 이해할 수 있었다.

정말 이대로라면 할아버지의 바람대로 암전상이 강호제일 병기상(江湖第一兵器商)으로 우뚝 설 날도 그저 헛된 꿈이 아닌

날이 될 것이다.

"앞으로 어떻게 될까요?"

"강호 일을 예측하는 것은 쉽지 않지. 하나 한 가지 확실한 것은 있다."

"그게 무엇인가요?"

"앞으로의 강호는 적 문주를 주목하게 될 것이다."

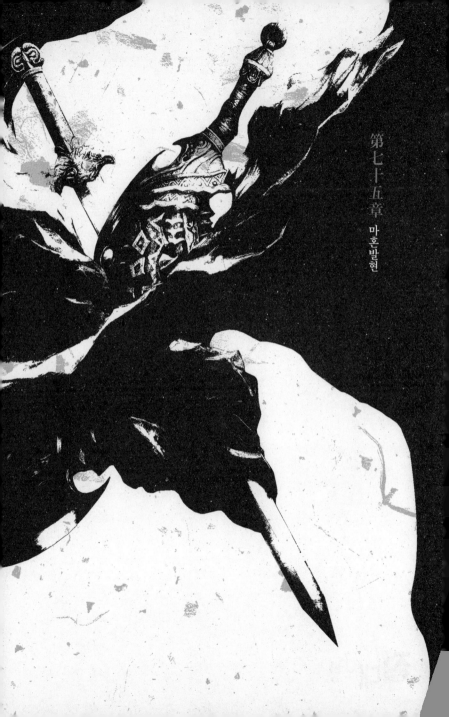

第七十五章 마혼발현

絶代
君臨
절대군림

연무장에 적수린과 적이건이 마주 서 있었다.

평소와는 완전히 다른 모습이었다.

무복 아래 드러난 적이건의 피부는 강철처럼 단단해 보였다. 눈빛도 달라졌고, 눈빛이 달라짐으로써 인상도 달라졌다. 몇 달 사이 부쩍 큰 느낌이었다. 적이건의 변화를 단적으로 보여주는 것은 그의 양 손등의 문신이었다. 예전과는 비교도 되지 않을 정도로 색이 화려하고 짙어져 있었다. 그만큼 적이건의 내공이 깊어지고 정순해졌음을 보여주었다.

아버지의 목검은 이제 더 이상 그에게 고통을 안겨주지 못했다. 물론 아팠다. 하지만 예전의 고통을 생각하면 그건 고통

축에 들지 못했다.

"수련은 여기까지다."

적수린이 정식으로 수련이 끝났음을 선언했다. 더 이상 수련을 하는 것은 의미가 없었던 것이다.

적이건의 표정이 환하게 밝아졌다. 정말로 고통스런 시간이었다. 고통을 견디기 위해 얼마나 많은 비명을 질렀고, 얼마나 많은 눈물을 흘렸는지 모른다.

감격스러워하던 적이건의 표정이 진지해졌다.

적이건이 정중히 고개를 숙였다.

"감사드립니다."

적이건의 모든 진심이 담긴 인사였다. 어찌 가르치는 입장이 쉬울 수 있을까? 적이건은 안다. 지난 수련에서 자신보다 더 힘들었던 것은 아버지였다는 것을. 힘 조절을 실패하면 죽음으로 이르는 수련이었다. 자신은 그저 고통을 참으면 되었지만 아버지의 심력 소모는 엄청난 것이었을 것이다.

한마디 인사였지만 아들의 진심이 느껴졌다.

적수린이 환하게 웃었다. 수련을 시작한 이래 처음이다시피한 환한 웃음이었다.

"수고했다."

적이건이 적수린을 마주 보며 함께 웃었다.

"잠시 따라오너라."

적수린이 적이건을 데리고 자신의 거처로 갔다.

거처 뒤채에 커다란 나무가 한 그루 심어져 있었다.

원래 없었던 나무인데, 아버지가 따로 구해서 심은 나무인 것 같았다.

"이 나무가 무슨 나무인지 아느냐?"

"모르겠습니다."

"주목(朱木)이라 불리는 나무다."

과연 나무줄기가 붉은빛을 띠고 있었다.

주목을 바라보는 적수린의 눈빛이 깊어졌다.

"살아서 천 년을 살고, 죽어서 천 년을 산다는 나무다."

그만큼 생명력이 깊고, 죽어서도 잘 썩지 않기에 붙어진 말이었다.

잠시 주목을 매만지던 적수린이 적이건을 돌아보았다.

"난 네가 이 나무처럼 살았으면 좋겠구나."

행복하게 오래오래 잘살고, 죽어서는 그 명성이 오랫동안 남을 사람이 되란 말이었다.

적이건이 주목을 쳐다보았다. 당당하게 내뻗은 줄기가 마치 나처럼 살 수 있겠느냐고 외치는 것만 같았다.

한참을 말이 없던 적이건이 이윽고 입을 열었다.

"최선을 다하겠습니다."

감히 그러하겠다고 말하지 못했다. 헛말이라도 자신하지 못했다. 그런 삶을 살아가는 것이 얼마나 힘들지 느껴졌기 때문이었다.

적수린이 미소를 지었다.

"그것으로 되었다."

자신이 살고자 했던 삶이었다. 이제 그 삶을 아들에게 전하고 있다.

두 사람은 한참 동안 그곳에 서 있었다.

다음날 새벽.

개인연무장에 적이건이 홀로 서 있었다. 새 무복으로 갈아입은 적이건은 단단히 각오를 한 표정이었다. 오늘 다시 암흑 속으로 뛰어들 작정이었다. 그동안 네 번이나 암흑의 공간에 빠졌고, 그때마다 고통을 참지 못해 뛰쳐나왔다.

마지막 들어갔던 때가 이십 일 전이었다.

이제 수련을 모두 마친 지금, 다시 그 암흑으로 들어가려 한다. 어떻게 들어갈 수 있는지 그 방법도 찾아낸 상태였다.

단단히 각오를 한 적이건이 눈을 감았다.

진원지기가 단전을 나와 온몸으로 퍼져 나가기 시작했다. 예전과는 비교도 안 될 빠른 움직임이었다. 적이건의 혈맥은 수련을 시작하기 전과는 비교가 불가할 정도로 발달되어 있었다. 진기의 움직임 역시 자유자재로 움직였다.

얼마나 시간이 흘렀을까? 적이건의 이마에 땀방울이 송골송골 맺혔다. 진기가 적이건의 몸을 한 바퀴 돌아 다시 단전으로 모여들려던 순간.

스스스스스슷.

적이건이 다시 아래로 추락하기 시작했다.

다섯 번째로 암흑 속에 내려섰다. 자의로 찾은 것은 이번이 처음이었다.

어둠 속을 향해 적이건이 명령하듯 말했다.

"눈을 떠라."

평소와 다른 적이건의 모습에 그 존재도 새로운 느낌을 받은 모양이다.

우우우웅!

적이건이 서 있던 공간이 진동했고 평소와 그 세기가 달랐다.

적이건의 굳건한 눈빛은 조금도 겁을 먹지 않고 있었다.

"눈을 떠라! 이건 명령이다."

우우우우우우웅!

공간이 크게 진동하기 시작했다.

적이건의 심장이 다시 뛰기 시작했다. 몸의 반응은 여느 때와 다르지 않았지만 적이건의 마음은 평소와 달랐다.

"눈을 떠!"

적이건이 고함을 질렀다.

그러자 그것이 눈을 번쩍 떴다.

"끄으으으으웅!"

적이건의 입에서 굵직한 비명이 흘러나왔다. 하지만 예전과는 확실히 달랐다.

견딜 수 있다!

아버지와의 수련은 정말 효과가 있었다.

지금도 온몸이 빠개질 것처럼 아프고, 머릿속이 텅 비어버린 것 같지만 버티고 있었다.

눈동자가 놀라고 있었다. 그 놀람이 느껴졌다.

그래, 날 봐. 날 똑똑히 보란 말이다!

그 눈동자를 노려보는 적이건의 눈동자에 붉은 기운이 일렁이기 시작했다. 적이건은 자신의 그런 변화를 알지 못했다.

고통을 참으며 적이건이 물었다.

"너는 누구냐?"

공간이 뒤틀리듯 진동했다. 눈빛에 의한 고통에 진동으로 인한 고통이 더해졌지만 적이건은 물러서지 않았다. 비명을 지르지도 않았다.

처음으로 눈동자가 대답했다.

"네… 주인… 이다!"

그 울림에 지축이 흔들렸고 머릿속이 터질 것 같았다.

적이건이 이를 악물고 참았다. 이 기세싸움에 절대 져서는 안 된다는 것을 직감했다.

"네가… 주인이라고?"

적이건이 억지로 웃으며 소리쳤다.

"…웃기지 마라! …내가 …너의 주인이다!"

눈동자에서 광채가 뿜어져 나왔다. 적이건과 마찬가지로 핏빛의 혈광이었다.

혈광이 나오는 순간 아주 잠시 주위가 밝아졌다.

그 얼굴을 확인하는 순간, 고통이 극에 달했다.

"끄아아아아아아!"

참지 못하고 적이건이 비명을 내질렀다.

그 순간 적이건이 암흑공간에서 벗어났다.

땀으로 흠뻑 젖은 채로 적이건이 떨리는 목소리로 말했다.

"…천마혼이었어."

*　　　*　　　*

"많이 탄 것 같구나."

차를 따라주던 유설하의 말에 적이건이 자신의 몸을 살폈다. 사실 타기도 탔지만 그보다는 너무 많이 맞아서 피부색이 변한 것에 가까웠다.

"여기에는 슬픈 진실이 숨겨져 있답니다."

적이건의 너스레에 유설하가 미소를 지었다.

"수련에 빠져 이 어미는 완전히 잊은 줄 알았다."

"죄송해요."

"따뜻할 때 마셔라."

사실 유설하는 자신의 방에 들어섰을 때의 적이건의 모습에 깜짝 놀랐다.

단지 피부색이 변해서가 아니었다. 기도가 완전히 달라져 있었다. 한마디로 장난기와 치기가 쫙 빠져, 이제는 의젓한 사내처럼 보였다. 지난 몇 달 만의 성과였다.

적이건이 제대로 달려들었다는 것은 적수린을 통해서 몇 번이나 들었다. 적이건의 마음이 흐트러질까 연무장은 일부러 찾지 않았다.

꽤 발전을 했나 보다 생각했는데 완전 기대 이상이었다. 하긴 아들이 악착같이 덤벼들었고 남편이 제대로 가르쳤다면, 그 효과는 엄청날 것이다.

"수련은 재미있었고?"

"죽도록 얻어터지기만 한걸요."

"아버지 약도 준비해 뒀었는데?"

"아쉽지만 무리였어요."

"말하지 않았느냐? 아버진 보기보다 더 강하신 분이라고."

적이건이 인정한다며 활짝 웃었다.

적이건에게서 아버지에 대한 거부반응은 더 이상 느껴지지 않았다. 그것만으로도 유설하는 더없이 기뻤다.

적이건이 묵묵히 차를 마셨다.

유설하는 아들이 뭔가 용건이 있어서 찾아왔음을 눈치 챘다.

"무슨 일로 왔느냐?"

"어머니가 보고 싶어서요."

"그쯤 했으면 서장으로 충분해. 이제 본론을 말해보렴."

"눈치 채셨어요?"

"내 뱃속에서 나왔다는 것을 잊으면 안 돼."

"헤헤헤."

적이건이 환하게 웃었다. 그래서였을 것이다. 다음 말이 유설하를 깜짝 놀라게 했다.

"천마혼 말인데요."

천마혼에 대해 언급하자 유설하의 눈빛이 빛났다.

적이건이 진지하게 물었다.

"구화마공의 대성을 이루지 못하면 구현할 수 없잖아요?"

"그래, 그렇지."

"확실한 거죠?"

"확실히."

유설하의 확고한 대답에 적이건의 표정이 더욱 진지해졌다.

"무슨 일이 있었는지 말해보렴."

사실 그러려고 찾아왔다.

적이건이 수련 중에 있었던 일들을 말했다.

잠자코 듣고 있던 유설하는 암흑공간에 대한 이야기가 나오자 깜짝 놀랐다.

"그것을 만났단 말이냐?"

"네."

"대화를 나눴다고?"

"누구냐고 물었더니 제 주인이라고 하더군요."

"그래서."

적이건이 호락호락하지 않은 눈빛에 억센 웃음으로 대답을 대신했다. 뭐라 답했을지 말하지 않아도 알 수 있었다.

"잘했다."

역시 놈에게 기가 꺾이지 않은 것은 올바른 선택이었다.

가장 궁금한 점은 바로 이것이었다.

"왜 대성을 이루지도 않았는데 그것이 나타난 것일까요?"

잠시 숙고하던 유설하가 차분히 말했다.

"엄밀히 따지면 아직 발현되지 않은 천마혼이지. 아직 네 마음에만 있는 것이지."

"그렇지요."

"그렇다고 하더라도… 그것을 본 것은 아주 특이한 일이다."

유설하는 그 이유를 짐작할 수 있었다.

"아마도 아버지와의 수련이 천마혼을 깨워낸 것 같다."

"아버지와의 수련이요?"

"그래. 진원지기를 움직이는 과정에서 천마혼이 깨어난 것이다."

"이런 경우도 있었나요?"

"들어본 적 없다."

유설하는 내심 걱정이 되었다. 천마혼은 강호 역사상 가장 위험한 무공이라 할 수 있었다.

구화마공과 적수린의 무공 수련이 어떤 상호작용을 일으킨 것이리라. 대성을 이루지 못한 상태에서의 천마혼은 위험할 수 있었다. 천마혼을 지배하지 못하면 역으로 지배당하게 될 것이다.

하지만 유설하는 아들에게 걱정보다는 발전적인 해결책을 마련해 주고 싶었다.

유설하가 애써 태평스럽게 말했다.

"불러내 보고 싶으냐?"

"물론입니다."

어머니의 천마혼을 본 이후, 천마혼에 대한 생각을 많이 했었다.

"물론 두렵기도 해요."

"두려운 존재지. 하지만 한 가지는 절대 잊어선 안 된다."

"그게 무엇인가요?"

"세상 사람 모두가 두려워해도, 그것을 불러내는 너만은 절대 두려워해선 안 된다는 것이다."

그게 무슨 뜻인지 알 것 같았다.

악마의 고삐를 놓친다면 세상은 큰 환란을 겪게 될 것이다.

"제가 불러낼 수 있을까요?"

"이미 천마혼은 깨어났다. 하지만 그것을 불러내는 것은 다른 문제지. 곧 불러낼 수도, 영원히 불러내지 못할 수도 있겠지."

적이건이 한숨을 내쉬었다. 두려우면서도 묘한 흥분감이 들었다.

"이제 전 어떻게 해야 하죠?"

"천마혼은 거부할 수 없는 인연, 즉 숙명으로 이어질 때 비로소 세상에 현신하게 된다."

"숙명!"

"그때까지 묵묵히 원래 하던 일을 해나가거라."

"네."

"그리고 이제 때가 된 것 같구나."

유설하가 담담히 말했다.

"오늘 네게 구화마도식 후반 칠초식을 전수하겠다."

"전 아직 전반 칠초식을 대성하지 못했어요."

그러자 유설하가 고개를 내저었다.

"이번 수련으로 이미 넌 그 경지를 넘어섰다."

"훈련 중에 단 한 번도 구화마도식을 펼치지 않았는데도요?"

"그게 네 아버지다. 그것이 질풍세가의 무공이다."

유설하는 다시 한 번 질풍세가 무공의 대단함을 느꼈다. 과연 구화마공과 쌍벽을 이룬 무공이었다.

"기뻐하지 않는 것이냐?"

"그럴 리가요? 다만 아버지께서 하신 말씀이 기억나서요. 두 가지 무공을 모두 대성하는 것은 너무 힘든 일이라고 하셔서요."

"혹 은하유성검식을 대성하지 못할까 걱정이 되느냐?"

"…네."

다른 사람이라면, 그가 제아무리 천고의 기재라 해도 두 무공을 모두 대성할 수 없을 것이라 확신할 것이다.

하지만 유설하는 인연을 믿었다. 운명을 믿었고, 숙명을 믿었다.

정마대전이 일어났고, 자신과 적수린이 만났고, 적이건이 태어났다.

유설하가 환하게 웃으며 말했다.

"운명이 이끄는 대로 가거라. 어차피 네가 아니면 그 누구도 할 수 없는 일이니까."

*　　　*　　　*

휘영청 밝은 달이 떠올랐다.

정검문의 세 자매가 오랜만에 한자리에 함께 했다.

"정말 오랜만이지?"

감격에 금방이라도 눈물을 흘려낼 것 같은 수련은 이제 몰라볼 정도로 건강을 되찾은 상태였다. 얼마 전부터 본격적으로 무공 수련도 시작했다. 사부는 차련이었다.

"그렇구나."

요즘 창천문에 갇혀 지낸 화련은 답답함을 감추지 않았다.

"언제까지 이곳에 있어야 하느냐?"

"전쟁이 끝날 때까지지."

화련이 물은 것이 바로 그 시기였다.

차련은 언니에게 조금 미안해졌다. 자신이 적이건을 만나고 정검문은 많은 곡절을 겪어야 했다. 사실 그 시작은 자신이 장인걸을 거부한 것이었으니, 적이건 때문만도 아니었다. 결국 자신 때문이었다.

"미안해."

"미안하라고 한 얘기는 아니고."

조금 서먹한 정적이 감돌자 수련이 분위기를 바꾸었다.

"참, 요즘 형부 보기 너무 힘들다."

"네 형부는 요즘……."

"네 형부는 요즘……."

차련과 화련이 동시에 대답했다.

화련이 착각을 하긴 했다. 수련이 말한 형부란 적이건을 뜻했으니까.

화련은 수련보다는 형부란 말에 대답을 한 차련이 더욱 기가 막혔다. 그녀가 차련에게 눈을 흘겼다.

"아직 혼인도 안 하고선!"

차련의 볼이 발갛게 달아올랐다. 대답하고 보니 자신도 실수란 것을 알았다.

공연히 화살을 수련에게 돌렸다.

"벌써 형부라니!"

"헤헤헤헤."

수련이 애늙은이처럼 웃으며 달을 올려다보았다.

"언제나 이렇게 다 같이 살았으면 좋겠다."

차련 역시 바라는 일이었다. 이렇게 행복하고 평화로운 삶을 죽을 때까지 꾸려갈 수 있을까? 자신이 그런 복을 타고 났을까? 그 복을 지킬 만큼 열심히 삶을 살아가고 있는 것일까?

그런 생각의 끝이 왠지 아련해져 차련이 애써 미소를 지었다.

"멋진 남자 생겨서 먼저 우릴 떠나지나 마."

"절대 그런 일 없을 거야. 난 아빠랑 엄마와 살 거니까."

수련은 단호했다. 차련의 장난기가 발동했다.

"과연 그럴까?"

"두고 보면 알지."

"맹세할 수 있어?"

"물론이야!"

그러자 화련이 못 말린다는 듯 고개를 내저었다.

"잘한다. 막내를 독수공방하게 만들 작정인 거냐?"

"셋 중 하나는 남아서 아빠, 엄마를 지켜 드려야지. 너 약속 꼭 지켜야 해! 아무리 잘생기고 멋진 남자가 생겨도 절대 흔들려서는 안 돼! 달님에게 맹세하자!"

차련의 말에 수련이 찔끔했다. 그런 식으로 차련이 몰아붙이니까 괜히 손해 보는 기분이 든 것이다. 게다가 맹세까지? 역시 그건 무리였다.

"음… 그렇게까지 확정적인 건 아니고."

차련과 화련이 깔깔거리며 웃었다. 오랜만에 세 자매가 모인 날이었다. 자주 오는 자리가 아니란 것은 막내인 수련조차 잘 알고 있었다. 그래서 다들 좋은 말만 하고 좋았던 일만 추억했다.

그렇게 세 자매의 달빛야유회는 반 시진이나 더 계속되었다.

언니와 동생이 들어가고 나서도 차련은 한참 동안 자리를 지켰다. 그러지 말아야지, 말아야지 하면서도 자꾸 가족에게 소홀해진다. 벌써부터 이러면 나중에 어떻게 될지 두려운 마음이 들 정도로.

힘내자, 차련. 노력하는 거야!

알면서도 실수하는 바보가 되지 않으면 된다. 알면 고치면 되고, 고치다 보면 변하게 된다.

그래, 그렇게 나이를 먹어가는 거야.

선선한 밤공기가 차련의 기분을 좋게 해주었다.

달에 적이건의 얼굴이 떠올랐다. 장난기 가득한 얼굴로 자신을 보며 웃고 있었다.

"바보!"

차련이 혀를 쏙 내밀었다.

그때 뒤에서 들려오는 한마디.

"달님에게 그게 할 소리냐!"

"앗!"

차련이 깜짝 놀랐다.

뒤돌아보니 건물 지붕 위에 적이건이 걸터앉아 있었다. 몇 달 만에 보는 적이건이었다.

울컥 눈물이 맺히는데 적이건은 무신경하게 앉아 있었다.

애써 눈물을 참으며 차련이 소리쳤다.

"언제부터 와 있었어?"

"네가 다섯 살 때 오줌 쌌다는 이야기를 할 때부터."

"드, 들었어?"

당황한 차련의 얼굴이 새빨개졌다.

적이건이 훌쩍 뛰어내렸다.

"잘 지냈지?"

퍽.

대답 대신 차련이 주먹으로 적이건의 배를 때렸다.

"우악! 아파라."

적이건이 과장된 엄살을 피웠다.

"바보!"

"헤헤헤헤."

적이건이 정말 바보처럼 웃었다.

그녀는 모른다. 자신이 얼마나 그녀를 보고 싶어했는지.

그 지옥 같은 수련을 하면서, 숨조차 쉴 수 없이 아플 때에도 차련을 생각하며 참았다.

수련의 이유는 많았다.

천마혼 때문에, 이제는 더 이상 당하지 않고 싶어서, 아버지에게 자신의 의지를 보여주고 싶어서.

사실 차련 때문에 시작한 수련이 아니었다.

하지만 힘들 때면 오직 차련만 생각났다.

아버지 어머니께는 죄송하지만 부모님도 아니었고, 천마혼도 아니었다. 자신을 궁지에 몰아넣었던 비연회주도 아니었다.

생각나는 사람은 차련이었다.

그래서 그녀를 사랑하는 거겠지.

차련이 웃으며 물어왔다.

"대체 어떤 훈련을 한 거야? 이제 천하제일인이라도 된 거야?"

"음하하하하! 물론이지."

"에휴. 물어본 내가 바보지."

차련은 적이건이 완전히 달라졌다는 것을 느끼고 있었다.

한 짝씩 나눠 낀 풍신갑이 반응하지 않은 것이다. 분명 적이
건은 풍신갑을 착용하고 있었다. 납치에서 돌아올 때까지도
풍신갑은 반응을 했었다.

자신의 무공 역시 비약적으로 발전한 상황이었다. 그런데도
이렇게 가까이 와 있는데도 반응하지 않았다.

적이건의 기도에 풍신갑이 완전히 압도된 것일지 모르겠다
는 생각이 들었다. 자신과의 무공 차이가 더 벌어졌기 때문이
란 생각도 들었다.

"총관 일은 어때?"

"재미있어."

차련이 솔직히 대답했다.

"그럴 줄 알았지."

"대신 어렵기도 해."

그러자 적이건이 진지하게 말했다.

"일이 어렵지 않다는 것은 그 일에 안주하고 있다는 뜻이 아
닐까?"

그리고는 진지하게 한마디 덧붙였다.

"그건 젊음에 대한 배신이야."

듣고 있던 차련이 갑자기 적이건의 볼 살을 잡아당겼다.

"아얏!"

"너무 진지해서, 너 맞나 확인 중."

그러자 갑자기 적이건이 차련을 껴안았다.

"왜 이래!"

"나도 확인해야지."

"뭘? 흐읍."

두 사람은 지그시 눈을 감았지만 은은한 달빛은 더욱 밝게 세상을 비추었다.

* * *

"저곳입니다."

무영의 보고에 적이건이 고개를 끄덕였다.

두 사람의 시선은 언덕 아래 불빛을 향해 있었다. 일렁이는 횃불 주위로 무인들이 걸어가는 것이 보였다.

"녹림으로 위장하고 있지만 사실은 남악련의 비밀식량고입니다."

"그 식량고 총 몇 군데지?"

"저희에게 밝혀진 곳이 세 곳입니다. 팔방 군사의 예상으로는 총 일곱 곳은 되는 것 같습니다."

"그 세 곳이 모두 털리면 얼마나 타격을 받을까?"

"제법 큰 타격을 받을 겁니다. 파죽지세로 밀고 가던 기세가 주춤하게 될 겁니다."

"그들은 너무 멀리 갔어. 이제 돌아올 때도 되었지."

무영이 힐끔 적이건을 돌아보았다.

어둠 속에서 빛나는 단호한 눈빛이 왠지 낯설게 느껴졌다.

몇 달 사이의 훈련이었지만 적이건의 성장이 느껴졌다. 마음도 무공도, 모두 예전과는 달랐다. 대견하고 자랑스러웠다.

앞으로 얼마나 더 많이 발전해 나갈까?

그 변화를 끝까지 지켜보고 싶었다. 지켜주고 싶었다. 그러려면 끝까지 살아남아야 한다. 요즘 무영이 밤늦도록 무공 수련에 몰두하는 이유도 그 때문이었다.

적이건이 여전히 앞을 보며 말했다.

"왜 그렇게 봐?"

"아닙니다."

"싱겁긴."

무영의 시선이 적이건과 합류했다. 자신을 대하는 적이건의 태도가 조금 딱딱해진 것 같아 낯선 느낌도 들었다. 어쩔 수 없는 변화라 생각했다.

"지키는 인원이 오십 명입니다."

"오십 명? 생각보다 적군."

"아무래도 그 이상이면 비밀창고의 역할을 하기 힘들다는 판단 때문인 듯합니다."

"고수는?"

"일류고수가 다섯쯤 됩니다. 그들 중 황면검(黃面劍) 오정(吳靜)이 있습니다."

적이건이 묵묵히 고개를 끄덕였다.

"작전은 세 곳의 창고에서 동시에 진행될 겁니다. 한데 걱정되는 것이 있습니다."

"뭐지?"

"남악련에서 식량 부족을 메우기 위해 일반 백성들에게 약탈을 감행하지 않을까요?"

적이건이 천천히 고개를 가로저었다.

"남악련주는 자부심이 강한 늙은이야. 절대 그러지 않아. 아마 더욱 빠르게 북천패가를 끝장내려고 하겠지. 우리가 노리는 것이 바로 그거야."

풍운성을 장악한 창천문의 다음 먹잇감은 남악련이었다. 애초부터 정해진 목표였다. 남악련을 치고 난 다음 궁지에 몰린 북천패가를 접수할 작정이었다.

"시간이 얼마나 남았지?"

"이제 반 각 남았습니다."

적이건이 복면을 끌어 올렸다. 그들 뒤쪽 언덕 아래 이십여 명의 무인들이 복면을 쓴 채 대기하고 있었다.

그들은 바로 북천패가에서 창천문으로 귀환한 가문의 제자들과 무인들이었다.

이번 전쟁이 있기 전, 그들은 모두 창천문으로 합류했다. 목숨을 걸고 자신들을 따르겠다는 제자들만 뽑아서 최소한의 인원으로 합류한 것이다. 그들의 인원이 총 삼백오십이었다.

송철영은 그들 중에서 백여 명을 따로 뽑았다.

그리고 임시로 하나의 부대를 만들었다. 이십 명의 무인들은 바로 그들이었다. 나머지 팔십 명은 다시 두 개조로 나뉘어다른 식량창고를 습격할 준비를 하고 있었다.

적이건이 그들을 돌아보았다. 그들이 비장한 눈빛만을 번뜩이고 있었다.

양씨도문이 공격을 받은 것이 그들의 각오를 더욱 굳건하게해주었다. 적이건이 돕지 않았다면 그들은 야신대에 의해 모두 목숨을 잃었을 것이다.

게다가 죽여야 할 적이 한때 몸담았던 북천패가라면 마음에부담이 있겠지만 상대는 남악련이었다. 하긴 북천패가를 상대할 생각이라면 애초에 적이건이 데려 나오지도 않았을 것이다.

마지막 순간을 남기고 무영이 조심스럽게 입을 열었다.

"도련님."

"응?"

"언제나 전 도련님 편입니다."

그제야 적이건이 무영을 돌아보았다. 갑자기 그게 무슨 생뚱맞은 말이냐는, 왠지 냉정해진 눈빛이 무영을 당황하게 했다.

삭막해 보이던 두 눈에 예전의 그 친밀한 장난기가 서리기시작했다.

"무영, 난 어디 가지 않아. 언제나 그 자리에 있지."

"…도련님."

히죽 웃는 적이건은 예전 그대로였다. 그것이 너무 반갑고 고마워 무영이 울컥했다. 세월이 흐르고 적이건이 성장할수록 자꾸 작은 일에 일비일희(一悲一喜)하게 된다. 그 정이 점점 끈끈해져 가기 때문이다. 적이건을 계속 쳐다보다간 눈물이 날 것만 같아서 무영이 시선을 돌리며 나직이 말했다.

"시간되었습니다."

적이건이 앞장서 미끄러져 내려갔다.

그 뒤를 이십 명의 무인들이 일제히 뒤따랐다.

앞장선 적이건이 기합을 내질렀다.

"으합!"

우렁찬 소리가 밤공기를 가로질러 울려 퍼졌다.

횃불의 움직임이 바빠졌다.

뒤따르던 무인들이 내심 놀라고 당황했다.

야밤의 기습을 이렇게 미리 알려주다니! 그렇다면 기습의 의미가 없지 않은가?

적이건을 속으로 욕하는 이들도 있었다.

문이 열리며 병장기를 꼬나 쥔 오십여 명의 무인들이 달려 나왔다. 선두에 선 무인이 바로 이곳의 책임자 오정이었다.

오정이 내공을 끌어올리며 소리쳤다.

"침입자다! 죽여라!"

적이건이 봉 허공을 가로질렀다.

오정이 지지 않고 몸을 날렸다.

쇄애애애액!

날아드는 지옥도에 오정이 검을 내질렀다. 그 대가는 끔찍했다. 하나로 날아오른 그가 둘이 되어 떨어진 것이다.

촤아아아아악!

단 일도에 오정의 몸이 그대로 갈라졌다.

오정이 끔찍하게 죽자 뒤따르던 무인들이 혼비백산했다.

다시 한 번 지옥도가 밤공기를 절단했다.

쇄애애애액!

지옥도에 자비는 없었다. 우물쭈물 서 있던 십여 명의 무인들이 몸을 뒤집으며 쓰러졌다.

"하아아아압!"

적이건이 두 번째 기합을 내지른 후 소리쳤다.

"항복하면 목숨만은 살려주겠다."

적이건의 목소리가 밤하늘에 쩌렁쩌렁 울려 퍼졌지만 이제 뒤에 늘어선 무인들 중 그 누구도 그를 욕하지 않았다.

*   *   *

"승리가 눈앞에 있습니다."

파검은 흥분했지만 양인명은 침착했다.

"너무 일찍 축배를 마셔선 안 되지."

물론 그 표정은 더없이 밝았다. 북천패가는 이제 마지막 궁지에 몰린 상황이었다.

남악련은 호북은 물론 산서와 하북까지 장악한 상태였다. 지난 이십 년간의 대립과 경쟁이 이제 끝을 향해 달려가고 있었다.

그들이 서 있는 방의 가운데에는 중원을 축소한 거대한 지형이 만들어져 있었다.

양인명의 건너편 쪽에 서 있던 백호대주 막휘가 지휘봉으로 산동 일대를 가리켰다.

"임하기가 숨어든 곳으로 예상되는 지역들입니다. 쥐새끼처럼 꼭꼭 숨어 찾기가 용이하지 않습니다만, 동원 가능한 모든 세작들을 풀었습니다. 곧 놈을 찾아낼 겁니다."

"놈만 제거하면 이제 끝이지."

양인명은 가슴이 격동했다. 그야말로 북천패가를 무너뜨리는 것은 시간문제였다.

잠자코 말이 없던 유검이 입을 열었다.

"한데 이상한 점이 있습니다."

모두의 시선이 유검에게 집중되었다. 말을 듣기도 전에 파검의 인상이 찌푸려졌다.

"풍운성의 움직임이 너무 조용합니다."

과연 파검의 짐작대로 유검이 또다시 신중론을 들고 나온 것이다. 언제나 조심조심, 살피고 또 살피고, 그 유검의 사고방식은 정말 마음에 들지 않았다. 자고로 무인이 앞을 보고 내달릴 때는 뒤도 돌아보지 않아야 한다.

"그들이야 당연히 눈치를 보는 거겠지."

파검은 불만스러운 마음을 감추지 않았다. 그럼에도 유검의 신중론은 변하지 않았다.

"입술이 없으면 이가 시린 법입니다. 사패의 균형이 깨어지는 것을 그대로 보고만 있다는 것이 이해가 되지 않습니다."

"그렇게 따지면 흑도방은?"

집요한 파검만큼이나 유검도 집요했다.

"이번 전쟁은 은밀히 시작되었고, 최단시간에 진행되었네. 우리 남악련 역사상 가장 빠른 움직임이었지. 흑도방이 사태를 알아차렸을 때는 이미 행동을 취하기 늦은 상황이었을 거야. 하지만 풍운성은 그들과 입장이 다르네. 북천패가는 분명 풍운성과 손을 잡았네. 무한에 만들어진 풍운성 호북지단만 봐도 알 수 있지 않나? 그런 그들이 이대로 지켜만 본다는 것이 이해가 되지 않는다는 것이지."

"북천패가를 배신한 거겠지?"

"왜?"

"그걸 내가 어떻게 아나! 빌어먹을! 쉰내 나는 밥이라도 줬나 보지!"

"그러니 알아보잔 말이네!"

흥분한 파검이 버럭 소릴 지르자 유검의 언성도 덩달아 높아졌다.

듣고 있던 양인명이 손을 들어 과열된 두 사람을 진정시켰다.

그리고 막휘에게 의견을 구했다.

"자네 생각은 어떤가?"

"풍운성 쪽에 나가 있던 세작들로부터 별다른 보고가 없었습니다. 그다지 신경 쓰지 않으셔도 될 듯합니다. 아니, 설령 그쪽에 어떤 일이 있다 해도 이젠 신경 쓰시면 안 됩니다. 저희의 모든 힘을 북천패가에 집중해야 할 때라 생각합니다."

양인명이 기대한 흡족한 대답이었다.

"나 역시 막 대주와 같은 생각이네."

양인명까지 그렇게 나오자 유검은 더 이상 고집을 피울 수 없었다.

"알겠습니다."

유검이 정중히 고개를 숙였다.

양인명이 그를 달래듯 말했다.

"우선 임하기 놈부터 찢어 죽이자고."

그리고는 막휘에게 명령을 내렸다.

"최대한 빠른 시일 안에 놈이 숨은 곳을 찾아내도록."

"알겠습니다."

바로 그때였다. 무인 하나가 다급한 기색으로 들어왔다.

"긴급보고입니다."

"무슨 일인가?"

막휘의 물음에 무인이 빠르게 보고했다.

"곡양(曲陽)의 식량고가 습격을 받았습니다."

막휘는 물론이고 양인명까지 크게 놀랐다. 곡양창은 비밀저장고 중에서도 가장 규모가 큰 곳이었다.

"그곳은 황면검이 지키는 곳이 아닌가?"

양인명이 의아한 표정을 지었다. 오정의 실력은 제법 믿을 만했기에, 그에게 가장 중요한 곳을 맡겼던 것이다.

"그는 죽었습니다."

"뭣이?"

양인명이 깜짝 놀랐다.

막휘가 빠르게 물었다.

"피해는?"

"보관 중이던 식량 전량을⋯ 약탈당했다고 합니다."

보고를 하는 사내의 등에 식은땀이 흘러내렸다. 방 안 공기가 급속도로 차갑게 식고 있었다. 뭐라도 하나 제대로 날아올 상황이었다.

그때 또 다른 수하가 들어왔다.

"긴급보고입니다."

그의 보고를 듣기 전에 모두의 표정이 완전히 굳었다.

"적성(赤城)의 저장고가 털렸습니다."

피해 상황을 묻는 막휘의 음성은 오히려 앞서보다 침착했다.

"거기도 모조리 털렸나?"

"…네."

거기도란 말에 사내가 움찔하며 대답했다. 방 안 공기는 점점 나빠지고 있었다.

"지키던 애들은?"

"모두 사라졌습니다. 현장의 핏자국으로 봐서 상당수 죽고, 나머진 끌려간 것 같습니다."

그것이 끝이 아니었다. 또 다른 보고가 들이닥쳤다.

이번에 털린 곳은 천진(天津)의 창고였다.

다행인지 불행인지 더 이상의 보고는 없었다.

"곧바로 다른 저장고의 상황을 알아보고 보고하도록. 또 어떻게 기밀이 외부로 흘러나갔는지 확실히 조사하도록."

"알겠습니다."

수하들이 밖으로 나가자 막휘가 빠르게 말했다.

"정황상 놈들은 한꺼번에 움직인 것 같습니다."

세 보고가 같이 올라온 것을 봐서 그럴 가능성이 농후했다.

"누구 소행이라 보는가?"

"임하기 놈의 발악 아니겠습니까?"

양인명이 고개를 끄덕였다. 쥐도 막다른 곳에 몰리면 고양이를 문다고 했던가? 허점이 찔린 기분이었다.

양인명이 힐끔 유검을 바라보았다. 하필 유검이 풍운성에 대한 의문을 제기한 직후 발생한 일이라 조금 마음에 걸렸다.

하지만 그렇다고 이 일이 풍운성의 소행이란 생각은 전혀 들지 않았다. 그건 너무 난데없는 일이었으니까.

"우리에게 타격이 클까?"

양인명의 물음에 막휘가 고개를 끄덕였다.

"만약 이번 싸움이 길어진다면 큰 타격입니다. 물가가 오를 대로 오른 지금 그 양을 다시 사들이려면 두 배의 돈이 필요할 테니까요. 금전적 손해만큼이나 시간적 손해 또한 무시할 수 없습니다."

더구나 긴 싸움으로 인해 련 내의 자금회전 역시 원활하지 않을 때였다. 이래저래 타격이 큰 것이다.

"하나 한 달 이내 이번 싸움을 끝낼 수만 있다면, 손실을 최소화할 수 있습니다. 말 그대로 식량 조금 잃어버린 것이라 생각하면 됩니다."

"한 달이라."

양인명이 파검을 쳐다보았다.

"한 달 안에 끝장낼 수 있겠는가?"

"물론입니다!"

파검의 확신에 찬 대답이었다.

"자네가 직접 가서……"

양인명이 손바닥으로 앞에 만들어진 지형물을 내려쳤다.

와지직!

부서진 곳은 임하기가 숨어 있는 산동 지역이었다.

"무슨 수를 쓰더라도 놈을 한 달 이내에 끝장내 버리게."

주인의 단호한 명령에 파검의 고개가 숙여졌다.

파검이 직접 간다면 임하기는 절대 버티지 못할 것이다.

하지만 지금 이 순간 그들은 알지 못했다. 마침표 하나만 찍으면 끝일 것 같았던 그 싸움의 향방은 이미 자신들이 생각지도 못한 곳으로 돌아섰다는 것을. 이제 그들에게 남은 것은 물음표와 느낌표의 연속이란 것을.

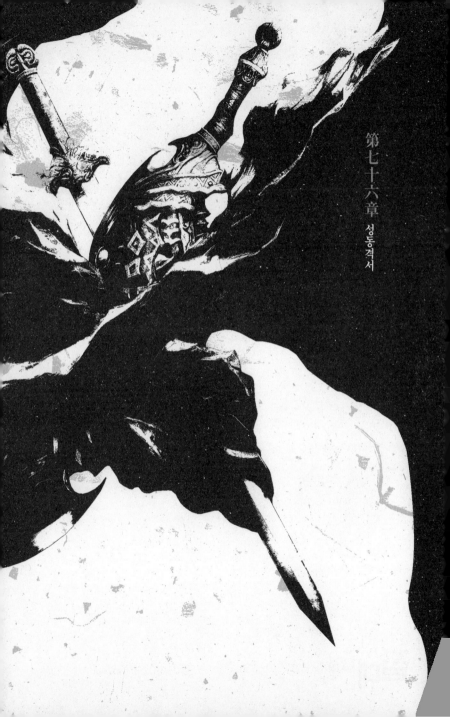

第七十六章 성동격서

"오늘은 이곳에서 묵어가야겠습니다."

산동의 운성(鄆城) 인근의 한 허름한 객잔 앞에서 공야(孔倻)가 말했다.

파검이 묵묵히 고개를 끄덕여 그것을 허락했다. 최소한의 휴식만으로 내리 사흘을 달려온 그들이었다. 마음은 더없이 급했지만 사람보다 말이 지쳐서 더 이상의 강행은 무리였다.

"오늘 하루는 푹 쉬도록 하지."

파검을 뒤따르는 한 무리의 무인들은 하나같이 기도가 날카롭고 안광이 형형한 이들이었다.

공야가 이끄는 이십 명의 무인들은 임하기를 처치하기 위한 별동대였다. 그들은 하나하나 일류고수들로 구성되어 있었다.

사실 결정적 순간 임하기를 해치우는 것은 파검의 몫이었다. 이십 명의 무인들은 파검의 손과 발이 되어 정보를 캐면서 그를 보필하고 지원하는 역할에 가까웠다.

그들이 객잔 안으로 들어섰다. 서너 개의 탁자가 전부인 객잔은 시간이 늦어서인지 텅 비어 있었다. 워낙 허름한 곳이라 오히려 텅 빈 그것이 더 어울려 보였다.

구석에서 졸다 깬 중년 사내가 반갑게 일행을 맞았다.

"묵어가실 겁니까?"

"그렇다."

사내가 뒤쪽 무인들을 대충 살펴보더니 조심스럽게 말했다.

"보시다시피 저희는 방이 그렇게 많지 않습니다."

"괜찮다. 있는 방 모두를 예약하겠다. 그중 가장 깨끗한 방은 어르신이 묵을 것이다."

딱딱한 공야의 태도에 사내가 바짝 얼었다. 잠결에 반갑게 달려왔지만 뒤늦게 상대가 칼 찬 사내 스물이란 것을 깨달은 것이다.

"네, 네. 알겠습니다."

머리가 바닥에 닿을 정도로 허리가 굽혀졌다.

공야가 파검을 돌아보며 물었다.

"식사부터 하시겠습니까?"

"우선 좀 씻고 싶네."

"저를 따라 올라가시죠."

파검이 사내를 따라 이층으로 올라갔다. 공야가 그 뒤를 따라 올라가려는데 파검이 돌아보며 말했다.

"자네들 먼저 식사부터 하게."

"아닙니다. 제가 모시겠습니다."

"됐네."

파검은 원래 두말하는 성격이 아니었다. 그의 무공이라면 자신이 지키지 않아도 걱정할 필요가 없었기에 묵묵히 명에 따랐다.

"명을 따르겠습니다."

공야가 죽일 듯한 눈빛으로 주인 사내에게 잘 모실 것을 지시했다.

그런 다음에서야 공야가 수하들을 돌아보며 말했다.

"우선 식사들부터 하지."

"알겠습니다."

열 명의 무인들이 밖으로 나갔다. 객잔 주변을 살피고 지키려는 것이었다.

나머지 열 명의 사내들이 두 개의 자리에 나눠 앉았다. 그들은 언제나 반으로 나눠져 행동했다. 절대 한꺼번에 긴장을 푸는 일이 없었다.

공야가 수하들을 위해 음식을 넉넉히 시켰다. 지난 며칠간 제대로 된 음식을 먹지 못한 그들이었다. 쉴 수 있을 때 최대한 쉬게 해주고 싶었다. 물론 파검이 목욕을 마치는 시간에 맞춰 가장 비싸고 맛있는 음식을 내놓으라는 명령을 잊지 않았다.

잠시 후 음식이 나왔다.

무인 하나가 먼저 모든 음식을 조금씩 먹었다. 어지간한 독은 해독할 수 있는 해독약을 상비하고 있지만 그들은 매우 조심했다.

이윽고 음식에 독이 없다는 것이 확인되었다.

"앞으로 쉽지 않은 길이 될 것이다. 많이 먹어두도록."

사내들이 재빨리 음식을 먹기 시작했다. 언제 어떤 일이 벌어질지 모르기에, 기회가 있을 때 배불리 먹어두는 것이 상책이었다.

공야도 모처럼 긴장을 풀고 음식을 먹기 시작했다.

열 명의 사내들이 빠른 식사를 마쳤다.

"교대해 주도록."

실내의 사내들이 밖으로 나갔다.

공야가 차로 입을 헹구었다. 술 생각이 간절했다. 하지만 이번 임무가 성공하기 전까지 술은 엄두도 낼 수 없었다.

이번 임무가 성공하면 싸움의 종지부란 의미에서 이번 일은 매우 큰 가치를 지닐 것이다. 확실한 승진의 기회였다. 문제는 임하기 놈을 최대한 빨리 찾아내는 것에 있었다. 세작들이 총동원되어 그를 찾고 있으니 곧 소식이 올 것이다.

그가 다시 한 번 차를 입안에 털어 넣던 그때였다.

공야의 동작이 딱 멈췄다.

객잔 입구로 향하는 그의 눈빛이 심각해졌다. 입구에 매달린 흔들리던 주렴은 어느새 잠잠해져 있었다.

교대해서 들어와야 할 수하들이 들어오지 않고 있다. 밖에 모여 서서 잡담이나 할 삼류들이 아니었다. 들어오지 않고 있다는 것은, 들어올 수 없다는 말이었다.

아니나 다를까, 주위는 기분 나쁠 정도로 고요했다. 아주 잠시 집중력을 잃은 사이, 문제가 벌어진 것이다.

스릉.

공야가 검을 반쯤 뽑으며 천천히 자리에서 일어났다.

그때였다.

스윽.

주렴 사이로 무엇인가 쑥 들어왔다.

공야가 침을 꿀꺽 삼켰다.

그것은… 커다란 도였다.

칼에서는 피가 뚝뚝 떨어지고 있었다.

오랜만의 휴식이었다.

따스한 물에 몸을 담그자 온몸의 피로가 봄 눈 녹듯 사라졌다.

파검이 흥겨운 가락을 흥얼거렸다.

임하기를 처치하는 것은 길에 떨어진 돌멩이를 줍는 것보다 쉬운 일이었다. 문제는 그를 찾는 일이었다. 파검은 이번 임무에 대해 매우 긍정적이었다. 찾고 죽이고 돌아가면 된다. 곧 그렇게 될 것이다.

문득 유검이 떠올랐다.

'밥맛없는 놈.'

유검에 대한 그의 속내였다.

나이도 비슷했고 무공 실력도 비슷했다. 남악련에 들어온 시기도 비슷했고, 지금까지 양인명의 신임을 받고 있는 것도 비슷했다.

이번 일을 멋지게 해치워 겁으로 똘똘 뭉친 유검 놈과 자신이 어떻게 다른지 확실히 증명해 보이리라.

그사이 물이 식었다.

열을 일으켜 물을 데우려던 그의 표정이 굳어졌다.

냄새가 나고 있었다. 자신이 강호에 출도한 이래 가장 많이 맡아본 냄새, 바로 피비린내였다.

굳어진 표정으로 목조통에서 나왔다. 파검은 서두르지 않았다. 천천히 옷을 챙겨 입고 밖으로 나왔다.

일층으로 통하는 계단에 가까워질수록 피비린내는 더욱 심해졌다.

계단 위에 선 그의 발걸음이 딱 멈췄다.

일층에 자신의 수하들은 아무도 보이지 않았다.

대신 젊은 청년 하나가 홀로 탁자에 앉아 음식을 먹고 있었다.

파검이 잠시 멍하게 서서 눈을 껌벅였다.

그가 이해할 수 없는 것들이 한둘이 아니었다.

우선 저렇게 젊은 놈에게 자신의 수하들이 당했을까 하는 의구심이었다. 그렇다면 방금 전 목욕을 하던 사이에 당했다는 것인데. 이해할 수 없었다. 자신은 목욕을 한다고 정말 목욕에만 열중하는 얼치기가 아니다. 싸우는 소리를 못 들었을 리가 없었다.

설령 백번 양보해서 다 당했다 쳐도, 그 시체는 도대체 어디에 있단 말인가?

실내는 싸운 흔적조차 없었다. 넘어진 의자 하나 없었다.

수하들이 급한 일로 자리를 비운 것이 아닐까란 생각도 들었다. 하지만 이내 파검이 고개를 내저었다. 자신에게 보고도 하지 않고 자리를 비울 리가 없기 때문이었다.

'독?'

문득 떠오른 생각이었다.

하지만 지금까지 공야가 독에 당하지 않기 위해서 얼마나 신중했는지 지켜봤었다. 쉽게 독에 당할 리가 없었다.

그 와중에도 파검의 시선은 음식을 먹는 청년에게서 떨어지지 않았다.

그때 청년이 힐끔 이층을 올려다보았다.

하얀 이를 드러내며 씩 웃는 그는 바로 적이건이었다. 마치 와서 함께 음식을 먹지 않겠냐는 눈빛을 보내고는 적이건이 다시 음식에 열중했다.

파검이 천천히 계단을 내려와 적이건의 앞에 마주 앉았다.

음식을 먹고 있는 행동이 너무나도 자연스러워 정말 손님이 아닐까란 생각을 몇 번이나 했다.

물론 절대로 손님이 아니었다. 살기 찬 자신의 눈빛을 받으며 태연히 밥을 먹을 수 있는 일반 손님은 이 강호에 존재하지 않을 테니까.

적이건이 씹던 것을 다 삼키고 술까지 한 잔 마시고 나서야 파검이 물었다.

"내 아이들은 어디에 있나?"

평소 그의 성격으로 볼 때, 대단한 인내력이었다.

"죽였어."

무덤덤한 적이건의 대답에 파검의 한쪽 볼이 파르르 떨렸다.

"어떻게?"

적이건이 옆에 세워둔 지옥도를 탁자 위로 올렸다. 마르지 않은 피가 도신을 타고 흘러내렸다.

이렇게 대화를 나누는데도 수하들이 나타나지 않는 걸로 봐서 다 죽은 것이 확실했다.

정말 당하고서도 믿을 수 없는 일이었다.

"정말 너 혼자 했단 말이냐?"

"당연하지. 뭐 좋은 일이라고 다른 사람까지 불러."

파검의 경련이 더욱 빨라졌다.

애써 화를 억누르며 파검이 다시 물었다.

"내가 누군지 아느냐?"

"남악련이 키우는 두 마리 개 중 사나운 쪽이지."

인내의 한계를 훌쩍 넘었지만 파검은 참았다. 상대의 여유가 마음에 걸렸고, 여전히 이해할 수 없는 것이 너무 많았다. 싸울 마음조차 생기지 않을 정도로.

"누가 보낸 것이냐?"

"내 의지로."

"이제 어쩔 작정이냐?"

적이건이 힐끔 지옥도를 쳐다보았다. 죽이겠다는 뜻이었다.

"이유는?"

"그렇게 다 물어볼 거야? 왜 죽이고, 어떻게 죽이고, 죽인 다음은 어떻게 할 거며……."

쇄애애애애앵ㅡ

엄청난 검기가 허공을 찢어발겼다.

후두두두둑.

객잔의 한쪽 벽이 잘려지며 무너져 내렸다.

파검이 벼락처럼 검을 뽑아 휘두른 것이다.

잘려 나간 벽 옆에 적이건이 서 있었다. 그의 손에 지옥도가 들려 있었다.

파검의 표정이 굳어졌다.

절대 피할 수 없으리라 여겼던 자신의 공격을 전광석화처럼 빨리 피해낸 것이다. 문제는 피했다는 것에 있지 않았다. 무심한 듯 담담한 적이건의 여유에 있었다.

적이건이 지옥도를 세차게 한 번 털었다.

촤악!

핏물이 바닥에 일직선으로 흩뿌려졌다. 더욱 짙어진 피비린내 속에서 적이건이 차갑게 말했다.

"그래, 진작 그렇게 나왔어야지."

기분 나쁜 인기척에 공야가 눈을 번쩍 떴다.

'죽지 않았어?'

스스로 죽었다고 생각했다.

주렴 사이로 보였던 거대한 도가 기억의 마지막이었다.

미처 파검에게 알릴 사이도 없이 무엇인가에 강타당하며 정신을 잃었다. 마지막 순간에 느낀 것은 '아, 이대로 죽는구나'였다.

하지만 자신은 죽지 않았다. 그가 쓰러져 있는 곳은 객잔 밖이었다.

마혈이 제압당해 꼼짝도 할 수 없었다. 말도 할 수 없었다. 상대가 실수를 한 것인지, 아니면 애초부터 제압이 목적이었는지 알 수 없었다.

꽈앙!

객잔 벽이 부서지며 누군가 튕겨져 나왔다.

공야의 두 눈이 부릅떠졌다. 낭패한 몰골로 튕겨 나온 사람이 바로 파검인 것이다.

그 뒤로 천천히 누군가 걸어나왔다.

파검과 상반된 적이건의 여유로운 모습에 공야는 자신이 보고 있는 상황을 믿지 못했다. 꿈을 꾸고 있을지도 모른다는 생각이 들었다.

'역시 죽은 것인가?'

벌어진 상황에 대한 불신이 얼마나 깊었으면 이런 생각까지 하는 그였다. 그때 공야의 두 눈에 들어온 것은 적이건의 손에 들린 지옥도였다.

'앗! 저 칼이다!'

주렴 사이에서 자신을 겨눴던 바로 그 칼이었다.

아! 그렇다면 말이 된다. 상대는 자신을 한순간에 제압한 실력자니까.

'도대체 누굴까?'

그때 적이건이 스윽 공야를 쳐다보았다.

공야가 질끈 눈을 감았다. 자신도 모르게 죽은 척을 한 것이다. 뒤이어 수치심이 치솟았지만 그것이 공야의 눈을 뜨게 만들지는 못했다. 어차피 몸을 움직일 수 없어 파검을 도울 수 없다란 것에 위안을 삼았다. 귓가로 파검의 떨리는 목소리가 맴돌았다.

"너 같은 고수를 들어본 적이 없다!"

"아쉽군. 앞으로 많이 들어볼 수 있을 텐데."

공야는 결국 참지 못하고 실눈을 떴다. 두 사람의 승부가 궁금해서 도저히 그냥 있을 수 없었던 것이다. 그렇게 공야는 자신의 인생에서 마지막이 될지도 모를 싸움을 복잡한 심정으로 지켜보았다.

파아아아아아아!

내력을 끌어올린 파검의 주위로 세찬 바람이 휘몰아쳤다.

"내가 남악의 파검이다!"

광오한 장소성이 지축을 흔들었다. 엄청난 내공이었다.

지이이이이잉—

화답하듯 지옥도가 울기 시작했다. 예전보다 더 무겁고 깊은 울음이었다.

키히히히히히히히히—

공야의 온몸에 솜털이 곤두섰다.

두려움에 숨이 막혀왔다. 하지만 눈을 뗄 수 없었다.

폭풍처럼 진동하는 두 사람의 기도는 무인으로서는 다시 못볼 대단한 것들이었다.

먼저 공격을 시작한 쪽은 파검이었다.

쉬이이잉!

시퍼런 검강이 거센 물결처럼 적이건을 삼킬 듯 날아들었
다.

쇄애애액!

화답하듯 적이건의 도강이 발출되었다.

쫘아앙!

폭음과 함께 밀려난 것은 파검이었다.

'어르신이 밀린다! 이럴 수가!'

공야는 전율했다. 지난 십 년, 파검을 보필한 그였다.

단 한 번도 이런 광경을 보게 되리라곤 상상하지 못했다.

구파일방이 봉문을 깨고, 소림이나 무당, 화산의 장문인이
내려오지 않는 한 파검을 이길 자가 없다고 생각했었다. 남악
련에선 유검이, 다른 사패에서도 최후로 숨겨둔 고수가 나와
야 상대가 된다고 생각했었다.

하지만, 하지만!

쫘아아아앙!

두 번째 격돌이 이어졌다.

주루루루룩.

파검이 이번에는 더욱 멀리 밀려났다.

적이건은 마치 호랑이처럼 난폭하고 멧돼지처럼 저돌적이
었다.

"흐아아아압!"

파검의 기합이 터져 나왔다. 그 처절한 기합만큼이나 그는

용기와 자신감이 필요했다.

그의 마음속에는 불신만이 가득했다.

'이럴 수가!'

정면승부에서 이렇게 속절없이 밀린다는 것을 그는 믿을 수도, 인정할 수도 없었다.

쇄애애애애액!

피릿!

파검의 어깨에 피가 튀었다. 호신강기를 극으로 올렸음에도 살을 찢어낸 것이다.

실로 오랜만에 맡아보는 자신의 피 냄새였다.

파검은 혼신을 다해 검을 내지르고 있었다. 하지만 죽어야 할 상대는 죽지 않았다. 젊음은 미숙함과 치기가 아니라 열정과 저돌이 되어 파검을 밀어붙였다.

다시 허벅지가 깊게 베이는 순간, 파검의 선택은 이제 하나로 좁혀졌다.

쉬이이이잉―

파검의 검이 허공으로 날아올랐다.

파파팡팡!

마치 폭죽이 터지듯 허공에서 검이 폭발했다.

파검이 아끼고 아껴둔 궁극의 절기, 비검구탄(飛劍九彈)이었다.

쏴아아아앙!

각기 다른 아홉 줄기의 검강이 적이건을 직격했다.

삼 년 전, 팔극신 이회를 산산조각 낸 바로 그 한 수였다. 칠 년 전에는 오만방자하게 설쳐 대던 투귀를 찢었고, 구 년 전에는 시체를 구분할 수 없어 결국 광동팔객을 한 구덩이에 넣게 만든 그 한 수였다. 이렇게 빠르고 이렇게 강한데 어찌 막을 수 있단 말인가?

꽈아앙!

하나의 폭음.

파검의 두 눈이 부릅떠지며 입이 천천히 벌어졌다.

불신에 가득 찬 그의 두 눈이 천천히 감겼다.

그는 모든 것을 체념하고 있었다.

들리기는 하나로 들렸지만 그것은 아홉 개의 폭음이었다.

지옥도는 정확히 아홉 번 허공으로 내질러졌다. 그것을 보고 알아차린 것이 스스로 대견하다는 생각이 들 정도로 빠른 움직임이었다.

스스스스스.

그 아홉 번의 공격에 자신의 아홉 줄기 검강이 거의 동시에 허공에서 사라졌다.

황당하게도 그것을 보는 순간 파검의 마음에 든 생각은 이러했다.

'아, 저렇게 막는 거구나.'

한 번도 자신의 공격을 막아내는 사람을 만나보지 못한 탓이었다.

지금까지 그래 왔듯 비검구탄에 걸맞은 위력의 공격이 날아들었다.

도와 하나가 된 적이건이 공간을 이동하듯 자신을 향해 쇄도했다.

'저건 어떻게 막아야 하······?'

번쩍!

푸욱―

그 생각이 끝나기도 전에 지옥도가 파검의 가슴을 꿰뚫었다.

아주 잠시 정적이 흘렀다. 적이건과 파검의 시선이 도의 손잡이 정도의 가까운 거리에서 마주치고 있었다.

지켜보던 공야는 눈을 부릅뜬 채 숨조차 쉬지 못했다.

파검이 힘겹게 물었다.

"···누구라고?"

적이건이 또박또박 대답했다.

"창천문주."

파검의 입가에 힘겨운 미소가 지어졌다. 후회스럽지 않은 죽음이었다. 그래, 무인이라면 이 정도 기량의 상대에게 죽어야지.

재수가 없어 유검 따위에게 죽게 된다면 그 얼마나 재수없는 일일까? 적어도 그런 일은 없으니 된 것이다. 유검이었다면 자신의 비검구탄을 막아내지 못했을 것이다. 그는 그렇게 생각했다.

"…네 말이 옳다. 앞으로 네 이름을 많이 듣게 될 텐데… 아쉽구나."

파검이 적이건을 응시했다.

적이건은 그의 눈빛에 담긴 뜻을 알아차렸다. 깨끗이 보내달란 뜻이었다.

파검의 가슴에서 소리없이 지옥도가 뽑혀 나오는가 싶더니.

망설임없이 빠르게 허공을 양단했다.

서걱!

파검의 목이 떼굴떼굴 굴렀다. 그 방향은 죽은 척하고 있던 공야 쪽이었다.

공야가 눈을 질끈 감았다. 심장이 터질 것처럼 뛰었다. 이 모든 것이 꿈이란 생각이 들었다. 그렇게 한여름 밤의 꿈처럼 벌떡 깨어나 물이나 한 잔 마시고 끝났으면 좋으련만, 사신보다 무서운 음성이 들려왔다.

"일어나."

공야는 죽은 듯 움직이지 않았다. 자신에게 한 말이 아니길 빌었다.

"이제 죽은 척 안 해도 돼. 일어나."

파검의 목을 자른 상대였다. 한낱 눈속임이 통할 리 없는 상대였다.

공야가 눈을 떴다.

"일어나."

"혈도가 제압당… 엇?"

어느새 아혈이 풀려 있었다. 제압된 마혈 역시 풀려 있었다.

공야가 천천히 일어섰다. 그의 발아래 파검의 머리통이 자신을 올려다보고 있었다. 공야가 애써 그 시선을 피했다.

적이건이 예상치 못한 말을 꺼냈다.

"그거 들고 돌아가."

적이건이 말한 것은 바로 파검의 머리통이었다.

공야가 놀란 눈빛으로 적이건을 응시했다.

"설마 이 일 때문에 일부러 날 살린 것이오?"

"당연하지. 그럼 실수로 살려둔 줄 알았어?"

공야의 가슴이 서늘해졌다. 자신의 생각보다 훨씬 더 무서운 상대였다.

"양인명에게 가서 전해라. 이자의 몸뚱이를 찾으려면 직접 찾아오라고. 이곳에서 기다리겠다."

"…알겠소."

"혹시라도 죽음이 두려우면 사람을 시켜서 보내도 돼. 내 말만 전하면 되니까."

"걱정 마시오. 내가 직접 전할 것이오."

공야의 마지막 자존심이었다.

적이건이 고개를 끄덕였다.

"그 정도는 될 줄 알았지. 그만 가봐."

머리통을 챙겨 든 공야가 돌아섰다. 그리고는 바람처럼 내달리기 시작했다.

혼자 남은 적이건이 부서진 벽을 통해 객잔 안으로 들어갔다.

아까 앉아 있던 자리에 다시 앉아 술을 따랐다.

주방에서 무영이 고기 요리를 만들어서 나왔다.

"수고하셨습니다."

"수고는 무슨."

"놈이 올까요?"

"누군가는 오겠지. 하지만 놈이 직접 오진 않을 거야."

너무 단호한 대답에 무영이 깜짝 놀랐다.

"그런데 왜 그런 말씀을 전하셨습니까?"

그러자 적이건이 의미심장하게 씩 웃었다.

"나도 안 기다릴 거거든."

성동격서(聲東擊西)!

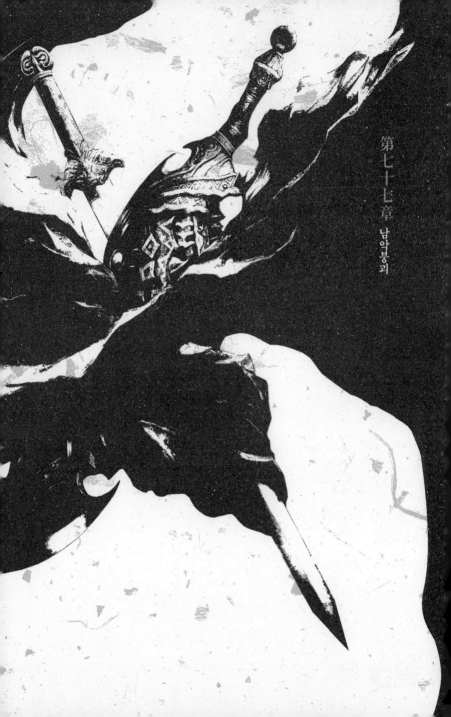

第七十七章 남악붕괴

絶代
君臨
절대군림

휘이이이잉—

불어온 바람에 나뭇잎들이 구르는 스산한 오솔길을 두 사람이 걷고 있었다.

늙은 장인의 심혈이 담긴 한 자루의 검처럼, 뭐든 베어버릴 것 같은 예리한 기운을 풍기는 자는 바로 유검이었다. 두어 걸음 떨어진 뒤로 공야가 뒤따르고 있었다.

파검의 죽음은 남악련을 발칵 뒤집었고 양인명에게 큰 충격을 안겨주었다.

양인명은 파검의 머리통을 들고 돌아온 공야에게 책임을 묻지 않았다.

파검이 죽을 상황이었다면 공야가 막을 수 없다. 그건 천재지변이었다. 양인명은 아끼는 수하를 잃었다고 또 다른 충직한 수하에게 화풀이를 할 정도로 어리석은 인물이 아니었다.

그가 원하던 원하지 않던 긴급후퇴가 결정되었다. 일단 자신들의 본거지인 호남으로 돌아가기로 결정을 한 것이다.

파검이 죽고 유검이 남았기 때문이기도 했다. 만약 반대의 경우였다면 파검은 절대 후퇴해선 안 된다고 주장했을 것이다.

유검이 복수를 자처하고 나섰다.

양인명은 그런 유검을 말리지 않았다. 유검은 파검보다도 고수였다. 단지 그 사실을 숨기고 있었을 뿐이었다. 오직 양인명만이 그 사실을 알았다.

사실 말리고 싶은 마음도 있었다. 만에 하나 유검마저 잃게 된다면 남악련의 가장 큰 두 개의 기둥이 부러지는 것이니까.

하지만 파검의 몸뚱어리조차 찾지 않고 꽁지 빠지게 달아난다면, 그것은 유검을 잃는 최악의 경우보다 더 나쁜 일이었다. 통치자의 권위와 신뢰와 직결되는 문제였다. 어쨌든 양인명은 호남으로 돌아갔고 그 호위는 막휘가 맡았다.

휘이이이잉—

객잔의 무너진 벽 사이로 불어온 바람이 분위기를 더욱 을씨년스럽게 만들었다.

"이곳인가?"

"그렇습니다."

십여 일 전, 그날의 격전을 말해주듯 주위는 엉망진창인 그대로였다.

공야가 자신도 모르게 긴 한숨을 내쉬었다. 그날의 일이 생생하게 떠오른 것이다.

유검이 앞장서 객잔 안으로 들어섰다.

탁자에는 먼지가 수북이 쌓여 있었고 군데군데 모서리마다 거미줄이 가득했다.

유검이 천천히 실내를 돌아보았다. 일층과 이층 그 어디에도 인기척은 느껴지지 않았다.

유검이 쓰러진 의자를 세워 앉았다.

공야가 이층을 살펴보려 올라갔다. 아무도 없다는 것을 알았지만 유검은 말리지 않았다.

"함정을 조심하게."

양인명이 남긴 한마디가 생각났다.

무덤덤한 유검의 입가에 희미한 미소가 지어졌다. 함정 따위로 자신을 죽일 수는 없었다.

자신이 죽을 경우는 단 한 가지였다. 오직 자신보다 더 강한 고수가 있을 때다.

'과연 그런 고수가 있을까?'

그의 자부심을 단적으로 알려주는 생각이었다.

이층을 살펴본 공야가 다시 내려왔다.

"술이 있나 살펴보게."

"네."

공야가 주방으로 들어가서 술을 한 병 챙겨왔다.

"안주는 마땅히 먹을 만한 것이 없습니다."

"됐네."

유검이 병째로 살짝 입만 가져다 대었다.

술을 끊은 지가 언젠지 모르겠다는 생각이 들었다. 하지만 왠지 술 한 잔 하지 않으면 못 견딜 것 같은 심정이었다.

"자네도 한잔할 텐가?"

"아닙니다."

공야가 정중하게 사양했다. 그는 이곳에 오는 내내 지나치게 유검을 조심스러워했다. 그건 당연한 일이었다. 유검과 쌍벽을 이룬다는 파검을 보필하고 떠났던 그였다. 그가 이제 유검을 보필하고 따라나섰으니 마음이 편할 리가 없었다.

유검은 그를 이해했다.

사실 그가 달아나지 않고 돌아와 준 것이 고마웠다. 파검의 죽음에 대한 책임을 묻는다면 그의 이름은 가장 선두에 자리하게 될 것이다. 그것을 잘 알면서도 돌아와 준 것이 고마운 것이다.

그렇게 한참을 기다려도 아무도 나타나지 않았다.

"이곳이 확실한가?"

그럴 리는 없겠지만 혹시 공야가 잘못 들은 것이 아닌가 살짝 걱정이 되었다.

"틀림없습니다."

확신에 찬 공야의 대답에 유검이 묵묵히 고개를 끄덕였다.

이상한 일이었다. 함정을 파고 기다리든 다른 곳으로 안내할 하수인이 기다리든 누군가는 분명 기다리고 있어야 했다.

그렇게 반 시진이 흘렀다.

가만히 눈을 감고 있던 유검이 눈을 번쩍 떴다.

셋 중 하나였다. 공야가 잘못 듣거나, 놈들에게 문제가 생겼거나.

그리고 또 하나는……

"우리가 속은 것 같네."

공야가 의아한 표정을 지었다. 누가 찾아올 줄 알고 자신들을 속인단 말인가?

"왜 이런 짓을 저질렀을까요?"

순간 어딘가에 생각이 미친 유검이 자리에서 벌떡 일어났다.

"설마!"

무슨 일이냐고 묻기도 전에 유검의 신형이 그곳에서 사라졌다.

　　　　　*　　　　*　　　　*

꽈아아아아앙!

달리던 마차가 양단되며 박살났다.

부서진 마차에서 튀어나온 사람은 양인명이었다.

쐐애애애액!

정신을 차릴 틈도 없이 도기가 그를 덮쳤다.

"끄아아악!"

당연히 피할 것이라 생각했던 공격에 양인명의 가슴이 갈라

졌다.

꽈당!

양인명이 무기력하게 바닥에 처박혔다.

엎드려 있던 그가 돌아누웠다. 하늘을 처다보며 긴 숨을 한

번 내쉬고는 그대로 절명했다.

적이건과 무영이 그 옆으로 내려섰다.

양인명을 죽였음에도 전혀 기쁘지 않은 표정들이었다.

무영이 빠른 손놀림으로 양인명의 시체를 살폈다.

찌이이이익.

무영이 사내의 얼굴에서 인피면구를 벗겨냈다. 인피면구를

들고 무영이 어깨를 으쓱했다.

"이번에도 가짜입니다."

벌써 세 번째였다. 몇 명이나 가짜가 동원되었는지 파악되

지 않았다.

"이 자식들, 아예 작정을 한 것 같습니다."

"그만큼 조심한다는 뜻이겠지."

특히 사패의 주인들 중 양인명은 심계가 깊기로 유명한 인물이었다. 과연 위기에 대처하는 능력이 다른 이들과 차원이 달랐다.

"호남으로 넘어가기 전에 잡아야 해. 놈이 자신의 본거지로 돌아가 숨어버리면 이 싸움은 장기전으로 돌입하게 돼. 그건 우리의 계획이 아니야."

가짜들의 죽음으로 양인명은 더욱 필사적으로 호남으로 돌아가려 할 것이다.

적이건이 물었다.

"추종향의 약효가 얼마나 남았지?"

"사흘입니다."

"사흘이라."

적이건이 먼 산을 응시하며 말을 이었다.

"팔방추괴에게 연락해. 모든 전력을 동원해서라도 찾아내라고!"

*　　　*　　　*

같은 시각, 호북의 형문산(荊門山).

"못 보던 얼굴들이군."

왕치(王峙)가 작지만 예리한 눈빛을 발했다.

산을 지나는 표행이 있다는 소식에 수하들을 끌고 내려왔다. 오늘 표행 소식은 듣지 못했는데, 과연 못 보던 이들의 표행이었다.

표사와 쟁자수를 모두 합쳐 십여 명으로 구성된 그야말로 소규모 표행이었다.

'아는 얼굴이 하나도 없다?'

그건 이상한 일이었다.

자신이 이곳 산채를 맡은 지도 이십 년이 지났다. 정말 별의별 표사들을 다 만나봤다. 인근 표국은 물론이고 거의 모든 표두를 다 만났다고 자부해도 좋을 정도였다.

한데 하나의 표행에 이렇게 전부 낯선 사람들로 구성된 표행도 정말 오랜만이었다.

'새로 표국이 생겼나 본데.'

그렇다 하더라도 보통 아는 얼굴이 한둘쯤은 있기 마련이었다.

왕치가 선두의 중년 표두에게 물었다.

"연합에 가입되어 있소?"

녹림연합과 표국연합은 서로 암묵적 계약을 맺고 있었다. 서로 정해진 약속만 잘 지키면 굳이 피 튀기며 싸울 일도 없었다. 필요한 것은 이미 정해진 통행료와 몇 마디 마음에도 없는 인사말이 전부였다.

"아직 가입하지 않았소."

"과연."

자신이 알아보지 못한 것도 이해가 갔다.

"후일 가입할 작정이오. 그러니 오늘은 관례대로 계산합시다."

중년 표두는 느긋한 듯하면서도 왠지 마음이 급해 보였다. 눈치 구단의 왕치가 건수를 낚아채는 순간이었다.

"연합이·아니면 좀 비싸오."

"얼마요?"

값부터 치르려는 모습이 더욱 수상했다.

'정말 귀중한 물건을 나르는 것이 틀림없군.'

표국연합에 들지 않았다면 이들의 물건을 모두 뺏더라도 후환을 걱정할 필요가 없었다.

"얼마냐고 묻지 않소."

표두 사내가 다시 물어왔지만 애초에 돈 받을 생각이 없는 왕치였다.

왕치가 느물거리며 물었다.

"한데 무슨 물건을 나르고 있소?"

"그대들은 알 것 없소."

표두 사내의 목소리에 살짝 짜증이 실렸다. 그건 오히려 왕치가 바라는 바였다.

오십 대 십, 숫자상으로 자신들이 절대 유리했다. 산전수전 다 겪은 수하들이었다. 인근 녹림들 중 가장 실력이 좋은 애들이었다.

과연 눈치 빠른 수하들은 벌써부터 병장기를 꼬나 쥐고 달려들 준비를 하고 있었다.

"마지막으로 묻겠소. 통행세가 얼마요?"

그러자 왕치가 버럭 소리쳤다.

"만 냥!"

돈 받고 조용히 끝낼 생각이 전혀 없는 왕치였다.

그러자 표두 사내가 살기를 뿜어냈다. 순간 왕치의 숨이 컥 막혔다.

표두 사내는 방금 전 그가 맞나 싶을 정도로 느낌이 달라져 있었다. 위장표두에서 백호대주 막휘로 돌아오는 순간이었다.

막휘의 살기에 뒤에 선 표사들이 자신의 기도를 드러냈다. 그들 역시 일개 표사의 기도가 아니었다.

막휘의 입에서 섬뜩한 명령이 흘러나왔다.

"다 없애 버려!"

표사 사내들이 달려들었다. 비명 소리가 이어졌다. 정말 눈 깜짝할 사이 오십 명의 녹림을 모두 베어버렸다. 물론 그 와중에 가장 먼저 죽은 것이 왕치였다. 그의 유언은 '퇴각'이란 한 마디였다.

막휘가 신경질적으로 명령을 내렸다.

"빨리 처리해!"

사내들이 능숙한 솜씨로 구덩이를 파기 시작했다.

막휘가 시체구덩이에 침을 탁 뱉었다. 최대한 조용히 처리하려 해도 상대가 이런 식으로 나오면 어쩔 수가 없었다. 하지만 이건 막휘가 절대 바라는 일이 아니었다. 아무리 은밀히 처리한다 해도, 산채 하나가 통째로 날아간 사건이었다. 어떻게든 꼬리가 밟힐 일이었다.

막휘가 수레에 걸터앉아 있던 늙은 쟁자수에게 다가갔다.

그는 바로 양인명이었다.

막휘는 주인의 심기가 매우 불편하다는 것을 잘 알았다. 파검을 잃고 이렇게 쫓기듯 호남으로 돌아간다는 것은 그의 자존심에 큰 타격이 될 일이었다. 하지만 지금은 자존심을 챙길 때가 아니었다.

그때 전서를 받은 수하 하나가 빠르게 뛰어왔다.

"새로운 보고입니다."

"뭔가?"

"세 번째 위장조에게서 소식이 끊어졌다는 소식입니다."

"뭐야? 벌써 당했어?"

"그런 것 같습니다."

막휘의 표정이 심각해졌다.

이런 경우를 대비해 철저한 훈련을 받은 위장조였다. 그들을 이렇게 빨리 색출해 낸다는 것은 뒤쫓는 쪽의 정보력이 대단하다는 것을 의미했다.

"놈들은 확실히 북천패가가 아닙니다."

혹시나 하는 마음을 가졌다. 하지만 이제 확신할 수 있었다.

제삼의 세력이 개입한 것이다.

"풍운성이나 흑도방인 것 같습니다."

달리 생각할 일이 없었다.

양인명이 묵묵히 고개를 끄덕였다. 풍운성주와 흑도방주의 얼굴이 떠올랐다. 어떤 놈이 되었건, 용서하지 않을 것이다.

막휘는 긴장했다. 놈들의 정보력과 추격술은 자신의 추측을 훨씬 넘어서고 있었다.

"좀 더 서둘러야겠습니다."

알지 못할 압박감이 가슴을 조여오고 있었다.

사흘 후, 호북과 호남의 경계.

오랜만에 막휘의 표정이 밝아졌다.

"저 언덕만 넘으면 저희 영역입니다."

드디어 일차로 목표한 곳까지 도착한 것이다.

양인명은 그렇게 기뻐하는 표정이 아니었다. 그사이 네 번째와 다섯 번째 위장조까지 모두 당했다는 소식을 들었다. 사실 그는 당장이라도 되돌아가 도대체 어떤 자들이 자신을 이렇게 추격해 오는지 확인하고 싶었다.

남악련주, 그 이름이 이렇게 가벼웠던가?

몇 번이나 망설였는지 몰랐다. 정말이지 파검의 죽음이 아니었다면 절대 이곳까지 쫓겨오지 않았을 것이다.

"이제 곧 편하게 모시겠습니다. 조금만 참아주십시오."

"가세나."

말도 하기 싫었다. 일단 되돌아가서 모든 것을 재정비하고, 누가 파검을 죽였는지 철저히 파헤칠 것이다. 물론 임하기 놈을 죽이는 것 또한 추진할 것이다.

십 보 전진을 위한 일보 후퇴일 뿐이다.

그때 수하 하나가 달려왔다.

"어디선가 음식 냄새가 납니다."

모두들 코를 킁킁댔다. 과연 기름진 음식 냄새가 나고 있었다.

"일단 확인하도록."

사내 하나가 빠르게 정찰을 나갔다.

잠시 후, 돌아온 사내가 황당한 보고를 했다.

"저 앞쪽 길에 만찬이 차려져 있습니다."

"길에? 그게 무슨 말이냐?"

"길에 음식상을 차려놓고 어떤 젊은 놈이 음식을 먹고 있습니다."

막휘는 당장 수상함을 느꼈다.

"돌아가셔야 할 것 같습니다."

막휘는 조심스러웠다. 지금 상황에서 이런 이야기는 정말이지 쉽지 않았다.

양인명이 가만히 고개를 내저었다.

"초대를 받았으면 가야겠지."

어차피 자신들을 추격해 온 자라면 더 이상의 회피는 의미가 없었다.

이제 비로소 만나야 할 때였다.

양인명은 물론이고 막휘조차 상대가 누군지 궁금했다.

"그럼 제가 앞장서겠습니다."

정말 수하의 보고대로 길 한가운데 버젓이 만찬이 차려져 있었다. 그 가운데 과연 누군가 앉아 음식을 먹고 있었다.

검을 뽑아 들던 막휘가 깜짝 놀랐다. 그 청년은 자신이 알고 있는 인물이었다. 물론 그는 적이건이었다.

"아니! 자네는!"

예전에 임하기의 암습에 실패하고 탈출할 때, 적이건의 도움을 받았던 막휘였다.

반가운 마음에 한발 다가서던 그가 동작을 멈췄다. 자신을 바라보는 적이건의 표정에는 아무 감정이 담겨 있지 않았다.

"설마?"

막휘의 눈이 점점 커지기 시작했다.

이 모든 일의 배후가 적이건일지도 모른다는 생각이 불현듯 스친 것이다.

그에 비해 양인명은 느긋했다. 천천히 적이건에게 다가가 건너편에 마주 앉았다. 몇 발짝 떨어진 뒤에 막휘가 시립했다.

나머지 수하들이 사방으로 흩어져 주위를 감시했다.

"오랜만이군."

두 사람 역시 구면이었다.

예전에 고급기루인 춘풍에서 적이건이 가짜 웅담주를 밝혀낼 때 양인명도 그곳에 있었다.

"잘 지내셨나요?"

적이건이 싱긋 웃었다.

"이 늙은이야 언제나 그렇지. 자네 그사이 큰일을 해냈더군. 축하하네."

천룡대전의 우승을 의미하는 말이었다.

"별일 아닙니다. 자, 한잔하시죠."

적이건이 양인명의 잔을 채워주었다.

뒤에 선 막휘가 마셔서는 안 된다고 전음을 보냈다. 함부로 끼어들 일이 아니지만, 양인명과 같은 고수들은 쉽게 분위기를 타기 마련이었다. 양인명에게 그것은 고수의 여유겠지만 막휘에게 그것은 주인의 방심이었다.

술을 마시는 대신 적이건을 가만히 주시하던 양인명이 감탄했다.

"선비를 사흘 떨어졌다 다시 대할 때는 눈을 비비고 대해야 한다더니, 바로 자네를 두고 한 말이군."

"무슨 뜻이죠?"

"놀랄 정도로 괄목상대했다는 말이네."

"고마우신 말씀이군요."

적이건은 여유로웠다. 그 여유가 양인명은 마음에 걸렸다.

양인명이 나직이 물었다.

"파검을 죽인 것이 자네인가?"

적이건이 묵묵히 고개를 끄덕였다. 직접 듣고도 믿기 어려웠다. 저 순수해 보이기만 한 젊음 어디에 그런 악귀 같은 힘이 숨겨져 있단 말인가?

"왜 그의 목을 찾아가라 했나?"

적이건은 알아맞혀 보란 표정을 지어 보였다.

"설마 유검을 내게서 떼놓기 위함인가?"

"셋을 한꺼번에 상대하기에는 아무래도 힘이 들 테니까요."

그 말에 담긴 광오한 뜻에 막휘는 분노했고 양인명은 불길함을 떠올렸다.

처음 적이건을 본 날이 떠올랐다.

그날 막휘에게 그런 말을 했었다. 적이건을 보자 자신이 처음 남악련을 손에 넣었던 그날이 떠올랐다고. 흥분되고 긴장되었다고. 그때는 몰랐다. 하지만 이제는 알 것 같았다.

그날 자신은 적이건에게서 패자의 기운을 느낀 것이다.

오늘 이런 자리가 올 것이라는 운명을 읽어낸 것이다.

"물론 그런 이유 때문만은 아니죠. 좀 더 현실적인 이유도 있었지요."

"그게 무엇인가?"

"제가 어떻게 추격에 성공했는지 아십니까?"

"어떻게 알아냈나?"

양인명도 뒤에 선 막휘도 그것이 궁금했다. 그야말로 조심하고 또 조심해서 이동한 그들이었다.

"파검이 안내해 주었지요."

"파검이?"

너무 의외의 말에 양인명이 깜짝 놀랐다.

이어지는 말은 더욱 놀라운 것이었다.

"그의 머리통에 천리추종향을 발라두었어요."

양인명과 막휘가 어이없다는 표정을 지었다.

"정말인가?"

"그 머리통 한 번쯤은 만지실 것이라 생각했어요. 아끼셨던 부하였으니까."

과연 그랬다. 붙잡고 통곡까진 아니더라도, 파검의 머리를 부여 쥐고 이를 갈았었다.

"문제는 그 머리통을 만진 손으로 수하들 손을 여럿 잡으셨더군요. 워낙 강력한 향이라 수하들에게까지 다 전해졌더군요. 덕분에 발품 좀 팔았지요."

그 수하들이 바로 자신으로 위장했던 수하들이었다. 앞으로의 노고를 치하하며 그들의 손을 일일이 잡아주었다.

양인명의 가슴을 철렁하게 만든 것은 바로 이것이었다.

"그럼 공야를 살리고 파검을 죽일 때부터 이 상황을 생각한 것이군."

적이건은 그저 미소만 지을 뿐이었다. 긍정의 미소였다.

양인명은 문득 두려운 마음이 들었다.

이 싸움이 자신이 해왔던 그 어떤 것보다 더 힘든 싸움이 되리란 예감이 들었다. 어쩌면 마지막 싸움이 될지도 모른다는 불길함을 애써 지워 버렸다.

"우리 둘을 어떻게 상대할 건가?"

양인명의 물음에 적이건이 차분히 대답했다.

"우선 뒤에 계신 분부터 죽일 겁니다. 제가 할 수 있는 가장 빠른 수법으로 기습하려고요."

그러면서 적이건이 막휘를 보며 어색하게 웃었다.

"아마도 피하기 힘들 겁니다. 죄송해요."

그 사과가 너무 진지해서 막휘는 기분이 묘해졌다. 적이건은 정말이지 자신을 단칼에 베어버릴 수 있다고 여기는 듯 보였다.

파검을 죽였다는 말이 아니라면 미친 소리에 불과했을 말이었다. 손에 눌어붙기 시작한 엿물 같은 찝찝함이 막휘에게 달라붙었다.

'빌어먹을!'

막휘가 하늘을 힐끔 올려다보았다.

화창한 날씨다. 죽기에 나쁘지 않은 날씨였다. 물론 죽고 싶은 마음은 전혀 없다.

막휘가 씩 웃어주었다. 그러자 적이건이 더욱 밝게 웃었다.

양인명이 다시 물었다.

"혹 이번 일이 풍운성과 관련이 있나?"

"있다면 있고, 없다면 없지요."

적이건의 애매한 대답에 양인명이 미간을 좁혔다. 하지만 그 대답을 적이건이 이미 풍운성을 장악했다고 해석해 내진 못했다.

"아무튼 마지막 접대 고마웠네."

"별말씀을!"

적이건이 고개를 꾸벅 숙이는 그 순간!

투아아앙―!

탁자의 천을 뚫고 무엇인가 날아갔다.

목표는 막휘였다. 그의 무공 실력으로 보자면 기습 따위에 당할 수준은 넘어섰지만, 이번 공격은 달랐다.

적이건의 예언대로 그가 절대 피할 수 없는 공격이었다.

바로 적이건의 이기어도였다.

말을 하고 있는 사이 탁자 아래의 지옥도에 소리없이 내력이 모이고 있었던 것이다.

퍼억!

단단히 대비를 하고 있었지만 막을 수 없었다.

무엇인가 가슴을 꿰뚫고 지나갔다. 가슴이 화끈거린다는 느낌을 끝으로 세상이 뒤집어졌다. 양인명에게 지켜주지 못해 죄송하다는 말을 전해야 했지만 그 한마디 말도 남기지 못한 채 그렇게 백호대주 막휘가 절명했다.

물론 적이건도 그 대가를 치러야 했다.

짜앙!

양인명의 일장에 적이건이 뒤로 튕겨져 날아갔다.

꽝! 꽝! 꽝!

그 위로 쏟아지는 양인명의 권력(拳力)은 어마어마한 것이었다.

두 팔로 얼굴을 보호한 채 적이건이 비틀거리며 물러났다.

호신강기가 펼쳐졌음에도 그 충격이 적지 않았다.

예전의 적이건이었다면 내상을 입었을 위력이지만 지금의 적이건은 달랐다.

좌앙!

물러서면서도 지옥도가 도강을 뿌려냈다.

"어림없다!"

양인명이 회전하며 날아올랐다.

다음 순간, 양인명은 자신의 실수를 깨달았다.

"크아아악!"

도강의 목표는 바로 뒤쪽에 서 있던 수하들이었다.

사내들이 도강에 휩쓸려 날아갔다.

양인명이 내심 탄식했다. 상대가 이 정도 실력이라면 그들이 실질적으로 도움이 되지는 않을 것이다. 하지만 그들이 살아 있고 없고의 차이는 분명히 있었다.

상대가 또 다른 한 수를 자신이 아닌 다른 곳에 썼다.

그 책임을 묻지 못한다면 자신이 남악련주라 불려선 아니 되리라!

양인명의 주먹이 커지는가 싶더니.

푸아앙!

주먹 모양의 권력이 벼락처럼 빠르게 적이건을 강타했다.

꽈지지직.

그대로 밀려간 적이건이 나무를 통째 부러뜨리며 쓰러졌다.

그 위로 양인명의 권력이 우수수 쏟아졌다.

꽈앙! 꽝! 꽈아아앙!

양인명은 상대를 얕잡아보지도, 자신을 과신하지도 않았다.

상대는 파검을 죽였고, 막휘를 일수에 죽였다. 일류고수라 불릴 수하들을 한 수에 쓸어버린 놈이다. 놈은 괴물이다.

양인명은 자신이 할 수 있는 최선을 다하고 있었다.

쾅! 콰앙! 콰앙!

공간이 짓이겨지고, 나무가 부러지고 땅거죽이 뒤집어졌다. 그 속에서 상대의 팔다리가 튀어나오길 바랐다. 그 속에서 상대가 가루가 되어버리길 바랐다. 이 한 방으로 끝장내길 바랐다.

꽈아아아아앙!

"헉헉헉!"

양인명이 실로 오랜만에 숨을 헐떡였다. 출도 후 이렇게 많은 내공을 한꺼번에 쏟아부은 적이 있었던가?

권력이 폭우처럼 쏟아지던 그곳은 어른 키보다 더 깊게 움푹 파여 있었다.

양인명이 천천히 구덩이를 향해 걸어갔다. 걸어가면서 양인명이 마른침을 삼켰다.

'제발.'

그 가운데 적이건이 처박혀 있었다.

적이건이 가늘게 눈을 뜨고 자신을 올려다보았다.

"과연… 당신… 강하군요."

여전히 상대가 말을 한다는 것 자체가 양인명에게는 악몽이었다.

'죽지 않았단 말이지?'

게다가 적이건이 웃었다.

"셋 중 가장 강한 것 같군요."

"다른 둘은 누굴 의미하는 것이냐?"

"임천세. 사도백."

쿠웅!

양인명의 가슴이 철렁 내려앉았다. 이미 사도백은 죽었고, 앞서 임천세를 죽인 것도 적이건이란 말이었다.

양인명이 원초적 살기를 내뿜었다. 엄청난 살기였다. 상대에 대한 적개심에 두려움까지 합쳐진 살기였다.

"우아아아아아아!"

절규 같은 비명이 터져 나오는 순간!

꽈아앙!

다시 양인명이 두 주먹을 내질렀다.

적이건은 그곳에 없었다.

구덩이 위로 날아오른 적이건의 지옥도가 태양에 반사되어 빛났다.

양인명도 그 자리에 없었다.

그는 달리고 있었다. 적이건과 반대 방향이었다.

…그가 달아나기 시작한 것이다.

그를 아는 사람이 듣는다면 절대 믿지 못할 광경이었다.

하지만 정말 양인명은 달아나고 있었다.

'살아야 해.'

두려움과 억울함, 분노와 수치심, 체념과 저주, 세상의 모든 나쁜 감정이 폭발해 나와 그를 지배했다.

어디로 가야 하는지. 적이건이 뒤를 쫓는지.

그는 아무 생각도 하지 못했다.

점점 머릿속이 텅 비어갔다.

오직 한 가지 생각만 들었다. 강호가 자신을 비웃을 거란 생각.

'아무도 보지 않았어야 하는데.'

투아아아앙—!

앞서 들었던 그 소리가 뒤에서 들려왔다.

돌아보지 않아도 알 수 있었다. 이기어도가 발출되었다.

'피해야 해.'

푸욱!

빛처럼 빨리 날아온 지옥도가 양인명의 등에서 가슴으로 관통했다.

양인명이 그대로 멈춰 섰다.

바닥에 박힌 지옥도의 손잡이가 보였다.

그것을 바라보는 양인명의 두 눈동자는 이미 생기를 잃은 후였다.

선 채로 절명한 것이다.

적이건이 천천히 걸어왔다.

양인명을 향해 고개를 숙였다. 미안한 생각도, 그렇다고 기쁜 마음도 들지 않았다. 해야 할 일을 했을 뿐이었다.

"후우."

적이건이 길게 한숨을 내쉬었다.

내력이 완전 바닥이 드러낸 상황이었다. 아버지와의 특훈이 아니었다면 앞서의 권력을 견딜 수 없었을 것이란 생각이 들었다.

적이건이 바닥에 박힌 지옥도를 뽑아 들었다.

슈아아앙!

돌아서는 순간 빛처럼 빠르게 무엇인가 달려들었다.

푸욱!

꽈악.

검이 가슴에 박히는 순간, 적이건이 손으로 검을 붙잡았다.

유검의 검이었다.

검에서 빛이 나기 시작했다. 검에 검강이 서리기 시작한 것
이다.

치이이익!

적이건의 옷자락이 타올랐다.

검이 점점 더 깊이 박히고 있었다.

검을 움켜쥔 손에 힘이 들어갔다. 풍신갑을 낀 손이었다.

"으아아아아아!"

적이건이 마지막 힘을 다해 검에 자신의 내력을 불어넣었
다.

꽈아앙!

두 사람의 내력을 견디지 못하고 검이 폭발했다.

적이건이 팽이처럼 회전하며 뒤로 내팽개쳐졌다.

바닥에 쓰러진 적이건이 가슴에 박힌 부러진 검을 뽑았다.
다행히 치명적인 상처는 피했다.

서 있던 양인명의 시신은 아무렇게나 바닥을 뒹굴고 있었
다.

"이놈!"

유검의 고함이 쩌렁쩌렁 울려 퍼졌다. 그는 화가 머리끝까
지 나 있었다.

그가 무인들의 시체 사이에서 아무 검이나 주워 들었다.

성큼성큼 다가서는 그를 보며 적이건이 희미하게 웃었다.

"…약속 장소를 잘못 말해줘서… 화났죠?"

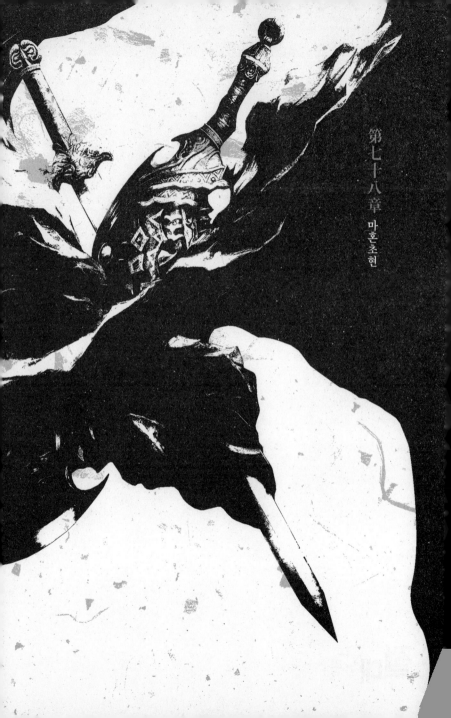

第七十八章 마혼초현

絶代
君臨
절대군림

까아악! 까악!

창밖으로 들려오는 유난스런 까마귀 소리에 유설하가 고개를 돌렸다.

"방정맞은 녀석이군."

뒤에서 들려온 목소리의 주인공은 양화영이었다.

오랜만에 유설하의 거처를 찾아 함께 식사를 하고 차를 마시던 중이었다.

"차 맛이 좋네."

유설하가 미소를 지었다. 특별히 양화영에게 대접하려고 아껴뒀던 차를 탔다.

"입맛에 맞으시다니 다행이에요."

"좋네, 아주 좋아."

"가실 때 싸드릴게요."

그러자 양화영이 손을 내저었다.

"그럼 맛없지. 이렇게 자네와 마주 앉아 먹어서 맛있는 거지."

그건 유설하 역시 마찬가지였다. 오랜만에 양화영과 마주 앉으니 기분이 좋았다.

"참, 요즘 이건이가 무공 수련에 푹 빠져 있다면서?"

"지난 납치로 이래저래 충격을 좀 받았었나 봐요."

"자존심이 꽤나 상했을 테지. 이제 철 좀 들려나?"

아들이 철이 든다는 것은 참으로 기쁜 일이기도 하지만, 부모로서 아쉬운 일이기도 하다. 부모가 필요없어진다는 뜻이기도 하니까.

다시 유설하가 창밖으로 고개를 돌렸다.

저 멀리 차련이 회계원들과 지나가는 모습이 보였다. 이야기에 열중하느라 정신이 없었다. 요즘 열정적으로 총관 일을 배우고 있다는 소식을 들었다.

"장래의 며느님이 그리 좋으신가?"

양화영의 장난에 유설하가 피식 웃었다.

"네, 좋아요."

"하긴 련이는 요즘 애들답지 않지. 그래도 고부간의 갈등이 있을걸?"

"저흰 없을 거예요."

"후후후. 지켜보지."

환하게 웃으며 양화영이 물었다.

"그나저나 두 사람 날을 잡아야 하지 않나?"

"그래야죠."

양화영이 유설하의 근심을 읽어냈다.

"왜 그러나?"

"아무래도……."

"정검문이 자네 가문을 버텨낼 수 있을까, 그런 걱정?"

양화영의 빠른 눈치에 유설하가 고개를 끄덕였다.

"아직 그쪽은 모르지?"

"네."

"밝혀지면 놀라긴 놀라겠군."

말과는 달리 양화영은 태평스런 모습이었다. 유설하가 담담한 눈빛으로 양화영에게 가르침을 구했다.

양화영이 확신하며 말했다.

"굳이 알릴 필요 없네. 교주께서도 그 정도는 배려해 주시리라 믿네."

양화영이라면 솔직히 알리라고 할 것 같았는데 의외의 대답이었다.

"하지만?"

사돈댁에 아예 진실을 감출 생각까진 하지 않았다. 적당한 시기에 진실을 말할 기회를 보고 있었다.

"지나고 보면 모르는 것이 약이었지 싶은 일들이 있지. 아마 이 일도 그런 일의 하나일 것이네. 물론 어지간하면 속여선 안 되겠지. 하지만 자네 경우는 특별하지 않나? 모르는 것이 좋을 것이야. 생각을 해보게. 정 문주는 물론이고 그 가족들은 마교와 사돈을 맺었다는 사실에 하루도 편한 잠을 자지 못할 것이야. 애들 혼사를 반대할 수도 있겠지. 하나 자네가 보다시피 두 사람이 헤어질 것 같은가? 련이에게 불효를 강요하게 하는 일이 될 것이네. 그러니 그냥 모른 척하게."

유설하가 고개를 끄덕였다.

결국 옳은 말씀이란 생각이 들었다. 자신의 집안까지 알릴 필요는 없었다. 질풍세가 역시 원래의 정체를 밝히지 않을 것이다. 아마 지역의 중소문파쯤으로 알릴 것이다. 그것만 해도 충분했다. 자신 역시 평범한 촌부의 딸로 알리면 될 것이다.

"가르침대로 하겠습니다."

유설하가 진심을 담아 인사했다.

양화영의 조언에 마음이 편해졌다. 양화영이었기에 가능한 일이었다. 다른 사람이 똑같은 말을 해줬다 해도 이렇게 쉽게 받아들이지 않았을 테니까. 같은 말이라도 누가 하느냐에 따라 달라지는 법이니까.

까아악! 까악!

다시 까마귀가 울어댔다.

창밖을 향한 양화영의 두 눈이 깊어졌다.

"녀석들이 좋아할 일이 많은 날인가 보군."

그 말에 담긴 뜻이 무엇인지 잘 알기에 유설하는 다시 한 번 아들을 떠올렸다.

하지만 걱정하지 않았다.

오늘은 구름 한 점 없이 맑았기 때문이다.

*   *   *

쿠에에엑!

가슴 깊은 곳에서 솟구쳐 올라온 피가 유검의 가슴을 적셨다.

회생할 수 없는 상처였다.

그의 두 눈은 불신으로 가득 차 있었다.

'도대체 어떻게 된 일이지?'

방금 전 상황을 그는 이해하지 못했다.

검을 쓰고, 몸을 놀리고, 살리고, 죽이고……

이런 일에 있어서 그가 이해할 수 없는 일이 있을까?

없다고 생각하고 살아온 인생이었다.

하지만 지금 그런 일이 발생했고, 또 지금도 눈앞에서 벌어지고 있었다.

"날 더 화나게 하지 마."

적이건의 목소리가 들렸다. 자신에게 하는 말이 아니었다.

자신과 적이건의 사이에 서 있는 이상한 존재에게 하는 말이었다.

유검이 눈을 감았다 다시 떴다.

하지만 여전히 놈은 적이건의 말은 들은 척도 않고 우두커니 서서 자신을 바라보고 있었다. 분명 인간이 아니었다. 하지만 인간이 아닌 다른 어떤 것도 아니었다.

악귀.

그래, 다른 말로 저것을 표현할 방법이 없다.

'저건 악귀다!

섬뜩한 눈빛에는 아무 감정이 담겨 있지 않았다.

어떻게 보면 그냥 그림 같았다.

하지만 놈은 그림이 아니었다. 분명 살아 있다.

놈이 튀어나온 것은 적이건과의 싸움이 극에 달했을 때였다.

승부는 자신 쪽으로 기울어져 있었다.

이미 상대는 내력이 바닥난 상태였다. 남은 것은 어떻게 죽이느냐였다.

물론 방심 따윈 하지 않았다.

방심하고 싶지 않았다. 지닌 모든 것을 쏟아내 죽이겠다고 마음먹었다. 그것이 양인명에 대한 마지막 예의라고 생각했다.

아마도 상대가 양인명과 막휘를 죽인다고 내력을 소모하지 않았다면 자신 역시 그의 상대가 되지 않았을 것이다.

그리고… 필살의 한 수를 날리던 그 순간.

놈이 등장했다.

마치 원래부터 그 자리에 있었던 것처럼 나타났다.

놈에게 검이 박히지 않았다. 마치 그 정도의 검 따윈 그냥 맞아주겠다는 듯 피하지도 않았다.

검이 부러졌다. 너무 놀란 탓에 다음 공격을 할 생각도 못했다.

다음 순간, 놈이 장력을 발출했다.

피하지 못한 것은 놀랐기 때문이 아니었다. 태어나 그렇게 빠른 장력을 접해본 적이 없었기 때문이란 대답이 더 정확할 것이다.

"쿠에에에엑!"

유검이 다시 피를 토해냈다. 온몸의 뼈마디가 완전 가루가 된 것 같았다. 오장육부는 완전히 짓이겨졌다. 이렇게 서 있는 것만으로도 기적이었다.

시야가 점점 흐려졌다.

채 반 각의 시간도 남지 않았다. 유검은 그 마지막 시간을 놈의 정체가 무엇인지를 밝히는 데 쓰고자 했다.

그것은 바로 적이건의 천마혼이었다.

최악의 순간 적이건이 불러내지 않았는데 스스로 튀어나온 것이었다.

"돌아가!"

적이건이 차갑게 말했다.

"경고했어."

천마혼은 적이건과 비슷한 키와 체격이었다. 거대한 천마혼의 축소판이었다.

그의 등장에 놀라기는 적이건도 마찬가지였다.

피할 수 없는 유검의 공격에 호신강기를 극으로 끌어올렸다. 결과를 알 수 없는 상황이었다.

그리고 다음 순간.

꽝음이 터졌고, 유검이 뒤로 튕겨져 날아갔다.

자신 앞에 서 있는 등을 보고 처음에는 그가 무영이라고 생각했다.

하지만 무영일 리 없었다. 무영이 혼신을 다한 유검의 공격을 막아낼 수 없을 테니까.

놈이 스윽 자신을 돌아보았을 때, 적이건은 숨이 멎는 것만 같았다.

암흑 속에서 보았던 바로 그 눈빛이었다. 혈광 사이로 언뜻 보았던 그 얼굴이었다.

오직 어둠 속에서만 존재할 것 같았던 그것이 밝은 공간에 서 있는 것이 너무나 낯설었다.

자신을 바라보는 천마혼의 눈빛은 마치 이렇게 말하는 것 같았다.

넌 너무 약해.

기가 질리는 눈빛이었다. 암흑 속에서 고통을 주던 그 눈빛보다 밝은 태양 아래 그 눈빛이 훨씬 더 무서웠다. 이질적이라서 더욱 그랬다.

그때 적이건의 마음에 유설하가 했던 말이 떠올랐다.

"세상 사람들이 다 천마혼을 두려워해도, 너는 절대 그것을 두려워해선 안 된다."

그 말이 떠오르는 순간, 적이건의 마음이 차분해졌다.

뒷걸음질치려던 적이건이 천천히 천마혼에게 다가갔다.

"날 화나게 하지 마!"

적이건의 경고에 마치 접근을 불허하듯 천마혼의 두 눈에서 붉은 광채가 뿜어지며 몸에서 엄청난 열기가 흘러나왔다. 손을 대면 녹아버릴 것 같은 열기였다.

적이건이 천마혼의 어깨를 잡기 위해 천천히 손을 올렸다.

호신강기만으로 만질 수 없는 열기였다. 그것을 증명하듯 천마혼이 자신을 비웃고 있었다.

천마혼은 적이건의 몸에서 나왔다는 것을 인식하면서 한편으로 그것을 부정하고 있었다. 오직 자신을 다스릴 수 있는 강자에게만 복종하는 천마혼의 타고난 본성 때문이었다.

적이건이 진원지기를 극한으로 끌어올렸다.

진원지기를 왼손에 집중했다. 엄청난 힘이 적이건의 손에 모여들었다. 그 힘을 느낀 것일까? 천마혼이 반응을 보였다. 본능적으로 한 걸음 물러선 것이다.

치이이이익―

엄청난 두 기운의 충돌이었다. 마치 용암에 손을 담근 것 같았다. 녹아버리지 않은 것은 풍신갑과 진원지기의 힘 때문이었다.

손이 녹아버릴 것 같았다. 너무 고통스러웠다. 하지만 적이건은 이를 악물고 참았다.

적이건의 두 눈이 악신이 재림한 것처럼 붉게 타올랐다. 그것은 분명 천마혼의 두 눈과 닮아 있었다. 적이건이 한마디, 한마디에 혼신을 담았다.

"다음에 제대로 불러주지. 아직은 아냐."

천마혼이 야릇한 표정을 지었다. 가소롭게 보는 것 같기도 했고, 조금은 감탄한 것 같기도 했다.

몸이 산산조각날 것 같은 고통 속에서 적이건이 웃었다. 두 시선이 허공에서 깊이 얽혔다.

"너도… 나도… 아직은 시간이 더 필요해."

적이건의 말뜻을 알아들은 것일까?

스스스스스.

천마혼이 서서히 사라지기 시작했다. 왠지 천마혼의 마지막 눈빛에서 이전과 다른 호의를 느꼈다. 물론 천마혼과 너무나도 어울리지 않았기에 그저 착각을 했다고 생각했다.

천마혼이 완전히 몸 안으로 흡수되고 나서야 적이건의 긴장이 풀렸다.

그때 힘겹게 들려오는 목소리.

"…그것이 무엇이냐?"

아직 죽지 않은 유검이었다.

그 한마디를 묻기 위해 필사적으로 목숨을 부지하고 있던 그였다.

적이건이 가볍게 한숨을 내쉬었다. 뭐라고 대답해 줘야 할까? 천마혼? 구화마공의 극의? 과연 유검이 묻고 있는 것이 그런 답일까?

"이제 곧 죽을 텐데 그게 뭐가 그리 중요하오?"

"알고 싶다."

"…나요."

"……?"

"…나쁜 마음의 나요."

왜 나쁘다고 표현했을까? 천마혼이 악귀처럼 생겨서?

아니다. 아마 이런 마음이었을 것이다.

나쁜 것은 천마혼이 아니다. 만약 그것이 나와 나쁜 짓을 하게 된다면 그것은 내가 나빠서 벌어진 일이다. 강호를 살아가는데 약한 것도 나쁜 것이니까.

유검이 그 말을 어떻게 받아들였는지 알 수 없었지만 그의 표정이 조금 밝아졌다.

"…너를 원망하지 않는다. 천하를 꿈꾸는 자들은 결국 장기판의 기물에 불과한 법. …그 꿈을 시작할 때 마지막도 각오했으니까."

유검의 눈빛은 너무나 맑고 깊었다. 회광반조가 극에 달한 것이다.

"너는 천하라는 장기판의 왕이 되고 싶은 자로구나!"

적이건은 부정도 긍정도 하지 않았다.

"…너라면 해낼 수 있을지도… 하지만 너는 알아야 한다. 왕역시도 결국은 장기판의 기물이란 것을……."

적이건이 한층 깊어진 눈빛으로 천천히 대답했다.

"…그렇다면 더욱더 왕이 되어야겠지요. 저는 지지 않을 겁니다."

"피할 수 없는 외통수도 존재하는 법이라네."

"그렇다면 전 궁 안에 갇힌 왕이 되지 않겠습니다."

"으하핫!"

유검이 한 번 크게 소리쳐 웃더니 그대로 눈을 감았다.

적이건이 한숨을 내쉬었다.

엄청난 피로감이 몰려들었다. 피비린내에 속이 울렁거렸다.
시체들 사이에 혼자 살아 있다는 사실이 너무나 피곤했다.

다리에 힘이 풀리며 그 자리에 주저앉았다.

그때 저 멀리 누군가 달려오고 있었다.

그가 자신의 목소리를 들을 정도로 가까워졌을 때.

"…나 잔다."

그대로 적이건이 무영의 품에 안겼다.

정말 안기자마자 적이건은 잠이 들었다.

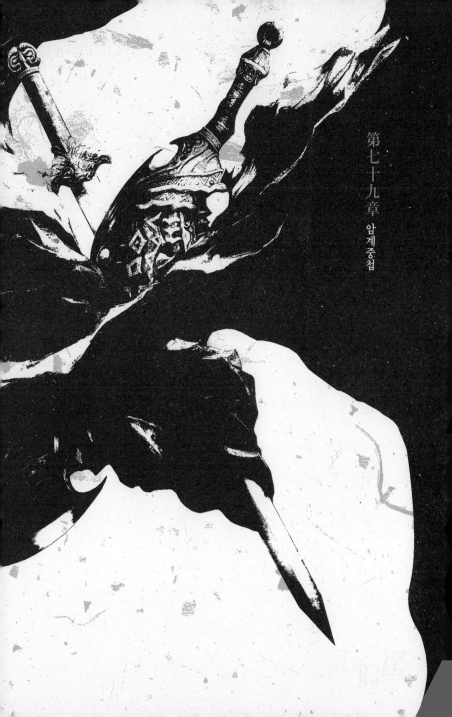

第七十九章 암계중첩

"크아악!"

사내들의 비명이 이어졌다.

죽음이란 가혹한 형벌이 내려졌지만 그들은 기꺼운 마음으로 그 벌을 받았다.

그들은 바로 지하밀실에서 살 껍질이 벗겨진 채 고문을 받던 마인들이었다.

그들을 모두 베어버린 사람은 바로 비연회주였다. 더 이상 과거에 연연하지 않겠다는 그녀의 결단이었다.

미련없이 돌아서 나오는데 문 앞에서 연사가 기다리고 있었다.

"잘했네."

그녀 스스로 기억을 조작한 것이 밝혀졌지만 그녀는 크게 동요하거나 힘들어하지 않았다. 오히려 그녀는 더욱 냉철하고 차가워졌다. 그녀의 잠재의식에 얹혀 있던 커다란 바윗돌이 내려지면서 그녀는 더 자유로워졌다. 자유로워졌기에 더 강해졌다.

"부회주가 기다리고 있네."

"부회주가요?"

비연회주의 눈빛이 날카로워졌다.

"가보죠."

부회주는 그녀의 집무실에 홀로 앉아서 차를 마시고 있었다.

비연회주와 연사가 들어서자 그가 자리에서 일어났다.

"기다리기 적적해서 한 잔 마셨습니다."

양해를 구하는 부회주에게 비연회주가 미소를 지었다.

"대접이 소홀해서 미안하군요."

"하하, 아닙니다."

부회주는 유들유들한 모습이었다.

연삼을 보내 적이건을 납치하려 했던 부회주였다. 물론 연삼은 죽었고, 비연회주가 보낸 연이가 납치에 성공했다.

부회주가 독단적으로 일을 처리한 것에 대해 응징을 내릴 수도 있었다. 하지만 비연회주는 그러지 않으리라 마음먹었

다. 아직 부회주는 자신에게 필요한 사람이었다. 그를 처치하
는 것은 그를 대신할 사람을 구했거나, 그를 대신할 사람이 필
요없을 때가 될 것이다.

부회주가 아무것도 모르는 척 물어왔다.

"이번에 일이 있었다고 들었습니다."

분명 부회주는 연삼의 죽음은 물론 적이건의 납치에 대해
정보를 입수했을 것이다. 어쩌면 자신과 적이건 가문과의 관
계까지 밝혀냈을 수도 있었다.

비연회주가 대수롭지 않게 대답했다.

"적이건이란 자가 우리 일을 방해하고 있어요."

"본 회에 막대한 피해를 입혔다고 들었습니다."

책임을 묻는 눈빛에 비연회주가 순순히 수긍했다.

"그래요, 피해를 입었지요. 그에 대해서 부회주께 사과를 드
려야 할 것 같군요."

예상 밖으로 그녀가 순순히 잘못을 인정하자 부회주는 오히
려 그녀를 몰아붙이기 힘들었다.

'과연 대단해.'

언제나 느끼는 것이지만 만만한 듯하면서도 절대 만만하지
않은 것이 회주였다.

부회주가 한발 물러섰다.

"그자는 대체 어떤 자입니까?"

여전히 모른 척 물어오는 부회주가 참으로 가증스러웠지만

비연회주는 친절히 대답했다.

"일전에 우연히 연십사와 얽힌 인물로 알고 있어요. 부회주께서도 알고 계시리라 생각했는데요?"

부회주가 어색한 미소를 지었다.

"그를 어떻게 하시겠습니까?"

"제가 알아서 처리하죠."

두 사람의 시선이 팽팽히 맞섰다.

"혹시 제가 알아서 안 되는 일이라도 있습니까?"

비연회주가 살짝 미소를 지었다.

"그럴 리가요. 좋아요, 부회주께서 궁금해하시니 자세히 말씀드리죠."

비연회주가 문 쪽으로 시선을 돌렸다.

"들어오세요."

끼이익.

천천히 문이 열렸다.

마치 기다리고 있었던 것처럼 한 노인이 안으로 들어섰다.

노인을 보는 순간 부회주가 깜짝 놀랐다.

머리칼이 하얗게 센 늙은이였다. 나이를 가늠할 수 없었다. 겉으로 볼 때 적어도 백 세 이상은 먹은 노인이었다. 더 나이가 많을지도 모른다는 생각이 들었다. 평범 속에 비범이 담겨 있었고, 어떤 말로 표현하기 어려운 느낌이었다. 물이라면 물 같았고, 산이라면 산 같은 사람이었다. 칼이라면 칼 같았다.

부회주는 노인을 알았다.

보는 것만으로도 가슴이 떨리는 격정이 느껴지는 절대고수, 그는 바로 연일이었다.

부회주조차 그를 공식적인 자리에서 딱 한 번 본 적이 있었다.

부회주가 공손히 고개를 숙였다.

"오셨습니까?"

연일이 묵묵히 고개를 끄덕였다.

회주와 연사 역시 그를 정중히 대했다. 연일은 역시 말없이 고갯짓으로만 인사를 받았다.

비연회주가 부회주에게 말했다.

"이제 어떻게 처리할지 아시겠지요?"

"물론입니다."

부회주가 사람 좋은 웃음을 지었다.

회주가 연일을 이번 일에 쓸 줄은 정말 예상치 못했다.

연일은 회주의 부하이지만, 또 부하가 아니었다.

이 강호에 연일에게 명령을 내릴 사람은 부회주가 아는 한 없었다.

자신도 회주도 그에게 부탁을 하는 것이다.

'그 어린놈에게 연일을 쓴단 말이지? 이건 정말이지 흥미롭군.'

그런 내색을 감춘 채 부회주가 작별을 고했다. 연일이 나선

이상 더 이상의 왈가왈부는 의미가 없었다.

"모든 일은 회주님께 맡기겠습니다. 그럼, 전 이만."

"계속 수고해 주세요."

부회주가 밖으로 나갔다.

비연회주가 연일을 상석으로 안내했다.

연일이 상석을 마다하고 옆의 자리에 앉았다. 언제나 비연회주에게 깍듯한 예를 차리는 그였다.

"한 가지 부탁드릴 일이 있습니다."

연일이 말없이 다음 말을 기다렸다.

"적이건과 그 가족을 모두 지워주십시오."

이유가 어떻게 되었건 그로 인한 피해가 너무 컸다. 어떻게든 보상을 받아야 할 때였다.

말없이 비연회주를 응시하던 연일이 이윽고 처음으로 입을 열었다.

"기한은?"

묵직한 목소리에는 어떤 묘한 힘이 담겨 있었다.

기한을 물어오자 비연회주는 조금 당황했다. 지금까지 연일이 일을 처리함에 기한을 물은 적은 한 번도 없었기 때문이었다.

"편하신 대로 처리해 주시면 됩니다."

"조금 늦어져도 되겠지?"

"물론입니다."

비연회주는 이것으로 과거를 깨끗이 정리했다. 연일의 태도가 조금 이상했지만 연일이기에 신경 쓰지 않았다. 그는 어차피 자신이 그 깊이를 잴 수 없는 사람이었다.

연일이 자리에서 일어났다.

연사가 연일의 뒤를 따라 밖으로 나왔다. 두 사람이 나란히 복도를 걸었다. 건물 입구에 서서야 연일이 입을 열었다.

"무슨 일인가?"

연사가 그냥 마중 나온 것이 아님을 알아챈 것이다.

"회주가 스스로의 오해를 풀었으니 이제 실수가 없을 겁니다."

연사는 연일이 지난 일을 모를 리 없다고 생각했다. 아니, 모른다 해도 상관없었다. 연일에게는 최대한 정직해야 했다. 그가 적으로 돌아서는 순간 비연회는 끝장이었다. 이런 일은 자신이 챙겨야 할 일이었다.

연일이 묵묵히 고개를 끄덕였다. 연사의 짐작대로 다행히 연일은 그다지 신경을 쓰는 눈치가 아니었다.

연사가 돌아서 걸어가는데 언뜻 귓가에 스치듯 중얼거리는 소리가 들렸다.

놀라 돌아보니 연일이 그 자리에 서 있었다. 그가 뭐라고 말했는지는 알 수 없었다.

다시 한 번 연일에게 인사를 한 후 연사가 건물 안으로 사라졌다.

연일이 나직이 말했다.

"그건 오해가 아니었다."

연사가 제대로 듣지 못했던 말이기도 했다.

연일이 음산한 눈빛으로 말을 이었다. 비연회주나 연사가 들었다면 경악할 말이었다.

"…그녀를 이렇게 키운 것은 모두 계획된 일이니까."

* * *

절벽 끝에 적이건이 홀로 서 있었다.

차련은 그와 몇 걸음 떨어진 뒤에 서 있었다.

절벽 끝에 서 있는 적이건이 너무 위태롭다는 생각이 들었다.

"이건!"

적이건은 돌아보지 않았다.

"뒤로 물러서, 이건."

여전히 적이건은 묵묵부답이었다. 그 등이 더욱 외로워 보였다.

무엇을 그렇게 보고 있는 거야? 내가 뒤에 서 있잖아.

갑자기 불안한 마음이 들었다. 심장이 빠르게 방망이질치기 시작했다.

적이건이 스윽 고개를 돌렸다.

무표정한 얼굴로 그가 희미하게 웃었다.

왜 그렇게 슬프게 웃느냐고 물어보려는 순간.

적이건이 절벽 아래로 몸을 던졌다.

"안 돼!"

차련이 그 뒤를 따라 몸을 날렸다.

"아아악!"

비명을 지르며 차련이 벌떡 몸을 일으켰다.

침상에 앉아 있던 적이건이 그녀를 보며 웃고 있었다.

"참 요란하게도 깬다."

"꿈이었구나!"

차련이 안도의 한숨을 내쉬었다. 적이건이 만 하루 동안 잠만 자고 있다는 소식에 그를 찾아왔다. 옆에 앉아 그를 지켜보다 깜박 잠이 든 것이다.

"무슨 꿈을 꾸었길래?"

"네가……."

그대로 말을 해주려던 차련이 마음을 바꾸었다.

"너와 헤어지고 딴 남자 만나는 꿈. 아주 멋진 남자였어."

"후후후."

"그 웃음은 뭐야?"

"그렇다고 하기에는 날 너무 애절하게 부르던데."

아! 꿈에서만 불러댄 것이 아니었구나.

차련이 살짝 얼굴을 붉히며 물었다.

"언제 일어났어?"

"좀 전에."

"그럼 깨우지."

"코까지 골며 곤히 자길래."

차련의 홍조가 더욱 붉어졌다.

"…코까지 골았어?"

"귀엽던데."

"거짓말이지?"

"헤헤헤."

퍽!

맞아도 바보처럼 웃고 있는 적이건이 우스워 차련도 웃고 말았다.

적이건이 물었다.

"설마 간호라도 한 거야?"

"간호는. 그냥 앉아 있다가 깜박 졸은 거지."

"그래도 왠지 찡한걸."

농담처럼 가볍게 말하고 있었지만 그건 적이건의 진심이었다.

깨어났을 때 차련이 자신이 누워 있던 침상에 엎드려 있었다. 그녀의 머리카락에서 좋은 냄새가 났다. 새근새근 잠이 든 그녀가 아기 같다는 생각이 들었다.

자신을 이렇게 걱정해 주고 위해주는 차련이 고마웠다. 사랑하고 사랑받는 기분이 어떤 것인지 알 것 같았다.

그래서 더 불안해지기도 한다.

이 모든 것들을 내가 지켜낼 수 있을까?

이 모든 것들의 끝을 웃음으로 마무리 지을 수 있을까?

내가 죽는 것은 두렵지 않다.

하지만 사랑하는 이들을 두고 죽는 것은 두렵다.

사랑하는 이들이 죽는 것이 두렵다.

차련이 가만히 적이건의 깊어진 눈빛을 응시했다.

이렇게 좋은데 왜 그런 꿈을 꾸는 것일까?

아마도 불안해서일 것이다. 이보다 더 좋아질 수 없을 것 같아서.

두 사람의 시선이 허공에서 얽혔다. 진지한 눈빛에 서로의 마음이 담겼다.

차련이 고개를 한 번 끄덕여 주었다.

걱정 마, 다 잘될 거야.

덜컹.

문이 열리고 팔방추괴가 들어오다가 차련을 보고 다시 나가려 했다.

"아, 군사님! 들어오세요."

팔방추괴가 미안한 표정으로 들어섰다.

"나중에 와도 괜찮습니다만."

"저도 이제 일어나려고 했어요."

차련이 자리에서 일어났다. 팔방추괴가 적이건의 눈치를 살피며 들어왔다.

"그럼 말씀 나누세요. 전 할 일이 있어서 이만."

차련이 방을 나갔다.

팔방추괴는 여전히 미안한 표정으로 차련의 뒷모습을 쳐다보았다.

"왜 거기다 미안해해? 나한테 미안해야지."

"하하하하, 편히 잘 쉬셨습니까?"

"응. 완전 다시 태어난 기분이야."

"어려운 싸움이라 들었습니다."

정말이지 양인명 등과 내력의 마지막 한 방울까지 쥐어짜며 싸웠다. 경험도 경험이지만 다시 채워지는 내공은 더욱 정순해질 것이다. 무인으로서 행운이라 불릴 그런 싸움이었다.

"음하하하하! 그 정도야 보통이지."

방정맞은 적이건의 반응에 팔방추괴가 피식 웃었다.

적이건은 이럴 때 진지하려 들지 않는다. 부끄러운 것이다. 잘난 척을 함으로써 자신이 잘났음을 자랑하고 싶지 않은 것이다.

팔방추괴는 무영을 통해 양인명의 죽음에 대해 전해 들었다. 양인명은 물론이고 막휘와 유검, 파검까지 모두 죽였다는 말에 감탄보다는 놀람이 앞섰다. 무공이 강한 줄이야 익히 아는 바지만, 그렇다고 이 정도까지라곤 생각하지 않았다. 정말이지 바닥을 알기 힘든 주인이었다. 적이건에게는 단지 좋은 혈통 이상의 어떤 것이 있었다. 그것을 보지 못한다면 그것은 그의 겉만 보았기 때문이리라.

함께 일하기 전부터 적이건에 대한 호감이 깊었지만 함께 지내면 지낼수록 그 정은 더욱 깊어지고 있었다.

"무사히 해결되어서 다행입니다."

"참, 뒤처리는 어떻게 됐어?"

"무영과 송 사범이 북풍대(北風隊)를 이끌고 호남으로 출발했습니다."

"북풍대?"

"아, 이번에 북천패가에서 저희 쪽으로 넘어온 이들에게 북풍대란 이름을 지어줬습니다."

"잘했어. 그런데 그 인원으로 모자라지 않을까?"

"그래서 감숙과 섬서에서 각각 신풍대 두 개 대를 지원하기로 했습니다."

"그러다 그쪽의 병력이 부족하면 어쩌려고?"

"풍운성은 이미 정리 단계입니다. 게다가 그쪽 지역에서 자체적으로 새롭게 병력을 꾸리고 있습니다. 병력이 다 만들어지면 풍운대(風雲隊)라 이름 지을 작정입니다."

일은 일사천리로 진행되고 있었다.

이런 세부적인 일을 처리하는 것은 팔방추괴와 같은 타고난 군사들의 몫이었다.

적이건은 팔방추괴를 만난 것을 큰 행운이라 생각했다. 그가 없었다면 이렇게 매끄럽게 일이 진행되지 못했을 것이다.

"당분간은 풍운성과 남악련의 흡수에 최선을 다할 때입니다."

"흑도방에서 그냥 있을까?"

사실 그 부분은 팔방추괴가 가장 신경을 쓰고 있는 부분이었다.

"흑도방은 풍운성의 몰락에 대해 아직 알지 못하고 있습니다. 남악련과 북천패가의 전쟁에 촉각을 곤두세우고 있었기 때문이지요. 따라서 풍운성의 몰락보다 뒤에 일어난 남악련의 몰락을 먼저 알아차릴 가능성이 있습니다. 이미 풍운성의 정리가 끝나가는 저희로서는 원하는 바가 아니지요."

적이건이 고개를 끄덕였다.

지금 흑도방의 안중에 풍운성은 없을 것이다. 북천패가와 남악련의 싸움에서 떡고물을 얻고자 혈안이 되어 있을 상황일 테니. 또한 그 전쟁의 결과가 자신들에게 어떤 결과를 미칠지 고심하고 있을 것이다.

"남악련의 모든 것을 저희가 흡수하기 전에 알아차리면 곤란합니다. 최대한의 공작을 통해 막겠지만… 결국은 알아차리게 될 겁니다. 문제는 시간싸움입니다."

"그냥 흑도방도 쳐버릴까?"

반 농담으로 말했지만 팔방추괴는 진지하게 받아들였다. 그 역시 염두에 두었던 생각 중 하나였다.

"맞습니다. 이 기세로 북천패가를 정리하고 흑도방까지 쳐 버리는 방법도 있습니다. 하지만 그건 그다지 효과적이지 않습니다. 사패의 수뇌부는 모두 제거할 수 있을지 몰라도 그 아래 세력을 효과적으로 흡수할 여력이 안 됩니다. 오히려 기존에 흡수한 세력들까지 동요할 가능성이 있습니다."

적이건이 고개를 끄덕였다.

"쉽지 않은 문제군. 우리에게 얼마나 시간이 필요하지?"

"최소한 석 달 정도는 필요합니다."

"석 달이라."

짧다면 짧고 길다면 긴 시간이었다.

곰곰이 숙고하던 적이건이 눈을 반짝였다.

"만약에 말이지, 남악련과 북천패가가 싸워 서로 양패구상의 피해를 입었다는 소식이 흑도방에 들어간다면 어떻게 될까?"

"놈들이 달려들 겁니다."

"어디로?"

"아무래도 북천패가겠지요."

팔방추괴의 대답에 망설임이 없었다.

"이유는?"

"양인명보다는 임하기가 상대하기 편할 테니까요."

적이건이 의미심장하게 웃었다.

순간 팔방추괴가 무엇인가 깨달았다.

"바로 그겁니다. 임하기를 먹잇감으로 내놓고 시간을 버는 겁니다. 북천패가를 뜯어먹느라고 주변을 살필 겨를이 없게 만드는 겁니다. 게다가 우리에겐 더없이 좋은 미끼가 있습니다."

"그게 뭐지?"

"양수창입니다."

남악련의 잔당을 처리하던 중에 그를 생포한 것이다.

새로운 계책이 피어오른 팔방추괴가 회심의 미소를 지었다.

"봉수찬에게 곧장 연락하겠습니다."

*　　　*　　　*

"놈들이 물러갔습니다."

봉수찬의 말에 임하기는 불신에 찬 눈빛을 보냈다.

"그게 무슨 말이오?"

정말 요즘 같아선 자결이라도 하고 싶던 임하기였다. 안가에 몸을 숨긴 채 들려오는 패배 소식을 듣는 것이 하루 일과였다.

임하기는 무력감에 빠져들었다. 전세가 한 번 기울어지자, 북천패가를 이탈하는 가문들이 속출했다. 피의 복수를 하겠다고 협박을 했지만 소용없었다. 파죽지세로 밀려드는 남악련의 공격에 북천패가는 속절없이 밀렸다. 몰살을 각오한 충성은 기대할 수 없었다. 그것은 혈맹이 아닌 이익단체라는 천하사패가 지닌 태생적인 한계이기도 했다.

그렇게 지내던 요즘이었다. 그런데 뭐? 남악련이 물러갔다고?

임하기가 믿을 수 없는 것은 당연했다.

"남악련이 전쟁을 포기하고 되돌아갔습니다."

임하기가 소리쳤다. 그의 지금 심정을 대변하는 한마디.

"왜요?"

봉수찬이 난처한 표정을 지었다. 그 역시 내막을 알지 못했다. 물론 명령에 의해 준비된 답변은 있었다.

"아직 알려진 바가 없습니다만, 풍운성이 압력을 가한 것 같습니다."

"풍운성이? 이제 와서 왜요?"

자신들이 남악련에게 밀리고 있을 때, 여러 번의 요청에도 그들은 모른 척했다. 야신대의 전멸 때문이란 자체 분석이 나왔다.

"저희가 무너지면 다음 차례는 자신들이란 것을 깨달은 거겠지요."

임하기가 고개를 끄덕였다. 그 말이 맞다고 생각했다.

"어리석은 자들! 이제라도 제대로 상황파악을 했군."

구겨져 있던 임하기의 얼굴이 활짝 펴졌다. 이유가 뭐든 그건 상관없었다. 중요한 것은 자신이 살아남았다는 것이다.

"지금 당장 이번 전쟁에서 남악련 쪽에 항복한 자들을 모두 잡아오세요!"

정말이지 그 배신감은 이루 말할 수 없었다. 할아버지가 살아계셨다면 절대 일어나지 않았을 일이었다. 한마디로 자신을 먹다 남은 개뼈다귀로 여긴 것이다. 모두 잡아다 살점을 발라 버릴 것이다. 그들이 고통 속에서 죽어가는 것을 만찬을 즐기며 지켜볼 것이다.

임하기의 번들거리는 살기에 봉수찬이 내심 혀를 찼다.

'이놈! 점점 삐뚤어져 가는구나.'

임하기는 점점 변해가고 있었다. 북천패가의 가주란 자리는 아직은 그가 감당해 낼 수 없는 자리였다. 결국 부담감이 원인이었다.

봉수찬이 그를 말렸다.

"그건 나중에 처리하실 일입니다."

"왜요?"

임하기의 앙칼진 눈초리에도 애써 좋은 얼굴로 대답했다.

"이번 싸움으로 입은 피해가 적지 않습니다. 우선은 다시 패가를 재건하고 밖으로는 본 가가 건재함을 알려야 합니다. 응징은 그다음입니다."

임하기가 고개를 끄덕였다. 맞는 말이었다. 그깟 놈들은 나중에 한꺼번에 파묻어 버리면 그만이었다.

"하면 본 가의 건재함을 어떻게 알려야겠소?"

그러자 봉수찬이 준비된 말을 꺼냈다.

"이번에는 흑도방을 끌어들이는 겁니다."

임하기가 깜짝 놀랐다.

봉수찬의 설득이 시작되었다.

"현재 우린 누군가의 조력이 필요합니다. 풍운성은 믿을 수 없습니다. 설령 그들이 남악련이 물러가도록 영향력을 발휘했다 하더라도 그건 자신들을 위한 선택에 불과합니다. 아니, 만약 그렇다면 더더욱 풍운성은 안 됩니다. 그들은 힘이 약해질 대로 약해진 우릴 압박하며 들어줄 수 없는 것을 요구할 겁니다."

임하기의 고개가 절로 끄덕여졌다. 봉수찬은 자신이 생각지 못한 것들까지 생각하고 있었다. 믿지 않을 수 없었다. 자신을 가주로 추대했을 그 순간부터 이미 봉수찬의 세 치 혀에 녹아난 임하기였다.

"좋아요! 그 일은 봉 장로께서 알아서 추진하세요."

물론 봉수찬은 당근도 잊지 않았다.

"그리고 본 가의 살아남은 가주들과 강호명숙들을 초대해 연회를 개최하는 것이 어떻겠습니까?"

연회란 말에 임하기의 눈빛이 반짝였다. 원래부터 놀기 좋아하던 그였다. 전쟁을 하는 동안 제대로 놀지 못해 몸살이 날 것 같았던 그였다.

"흑도방의 초대도 겸하면 이래저래 자연스럽고 좋을 것 같습니다."

"아주 좋은 생각이오!"

"그럼 그렇게 진행하도록 하겠습니다."

정중히 인사를 하고 밖으로 나가려는 봉수찬을 임하기가 불렀다.

"봉 장로."

"네."

"봉 장로가 있어 정말 다행이오."

"당연히 해야 할 일을 할 뿐입니다."

"고맙소."

돌아서는 봉수찬도 그에게 고마운 마음을 가졌다. 그를 조종하고 속이고 있다는 죄책감 따윈 없었다. 임하기는 애초에 그럴 가치가 없는 인물이었다. 봉수찬은 그게 고마웠다.

*　　　*　　　*

"남악련이 북천패가를 포기하고 물러났다고 합니다."

수하의 보고에 흑도방주 온원탁이 깜짝 놀랐다.

"그게 무슨 헛소리냐!"

쩌렁쩌렁 울리는 온원탁의 노기에 보고를 올리던 수하가 고개를 푹 숙였다. 워낙 혈기 드센 주인인지라 이런 보고를 할 때면 몸을 바짝 사려야 했다.

"내막은 아직 보고되지 않았습니다."

온원탁이 인상을 썼다. 근래 모든 신경을 그 전쟁에 쏟아붓고 있었다. 전쟁이란 언제나 상반된 결과를 가져온다. 망하는 자가 있으면 그로 인해 흥하는 자가 있다는 점이다. 흑도방은 분명 흥하는 쪽에 줄서 있던 참이었다. 북천패가가 완전히 밀리면 그때 움직이려고 기다리고 있었다. 남악련 역시 북천패가란 몸뚱이를 혼자 독식할 생각은 없을 것이다. 다리 한 짝 제대로 뜯어낼 작정이었다.

그런데 남악련이 물러나다니?

때마침 그 일로 흑도방의 총군사 성학(盛鶴)이 황급히 들어왔다.

"소식 들었는가?"

"들었습니다."

"이유를 알겠는가?"

"방금 새로운 소식이 들어왔는데……."

성학이 입수한 소식은 충격적인 것이었다.

"양수창이 납치된 것 같습니다."

온원탁이 벌떡 자리에서 일어났다. 혈육들은 절대 건들지 말자는 사패 간의 절대철칙이 깨진 것이다.

"그게 사실인가?"

"네, 거의 확실합니다."

물론 이 정보는 팔방추괴가 일부러 흘려 넣은 정보였다.

"북천패가가 무림공적으로 몰릴 수 있는 일을 저질렀단 말이지?"

"임하기는 거의 몰락 직전까지 간 것 같습니다. 놈은 강호 경험이 일천한 애송이입니다. 겁에 질려 해서는 안 될 일을 저지른 것 같습니다."

온원탁이 가만히 고개를 끄덕이며 강철로 만들어진 의수를 매만졌다. 만약 그게 사실이라면 남은 삼패가 그냥 있지 않을 것이고 결국 북천패가의 몰락은 정해진 일이었다. 그 수순과 과정이 어떻게 진행될지의 문제만 남은 것이다.

"남악련에서는 어떻게 나올 작정인가?"

"이를 갈고 있겠지요. 하지만 더 이상 북천패가를 압박하기는 힘들지 않겠습니까? 자신의 혈육을 버리면서까지 권력을 탐했다는 비판은 견디기 힘들 겁니다."

"힘들여 사냥해서 껍질까지 벗기고 꿀꺽 삼켰는데 목구멍에서 다시 튀어나온 격이군."

"그런 셈이죠."

온원탁이 혀를 찼다. 자신이라면 화병으로 쓰러졌을 것 같았다.

"그리고… 북천패가에서 저희를 초대했습니다."

"뭣이?"

"저희를 끌어들여 남악련과 풍운성을 견제하려는 수작인

것 같습니다."

"일전에는 풍운성을 끌어들이지 않았나?"

온원탁은 불쾌했다. 어린놈의 새끼가 분수도 모르고 칼춤을 추고 있었다.

"우릴 오라면 오고, 가라면 가는 뒷산 똥개로 여기는군."

"그래도 저흰 가야 합니다."

순간 온원탁의 표정이 굳었다. 화난 것이 아니라 진지해진 것이다.

성학이 차분히 말했다.

"이대로 그냥 두시겠습니까?"

기회를 잡은 그 눈빛에 이미 성학의 속뜻을 짐작한 온원탁이었다.

"북천패가는 거의 괴멸 직전까지 몰렸습니다."

"그냥 두기 아깝다?"

"게다가 그들은 깨서는 안 될 철칙을 어겼습니다."

"명분까지 있다?"

"거기에 저흴 초대했습니다."

"길까지 열어준다?"

더없는 기회인 것은 확실했다. 하지만 마음에 걸리는 것이 있었다.

"남악련에서 좋아하지 않을 텐데? 그 과정에서 양수창이 죽어버리기라도 한다면?"

"물론 남악련에서 그 책임을 우리에게 물으려 할 겁니다. 절대 그렇게 되어선 안 되겠지요."

남악련에 의해 만신창이가 된 북천패가를 날려 버리는 것은 어렵지 않았다. 문제는 북천패가를 흡수할 시간이었다. 남악련이 양수창의 죽음을 빌미로 자신들을 쳐들어온다면 양패구상할 우려가 있었다. 그건 절대 바라는 바가 아니었다.

성학이 은밀한 눈빛으로 목소리를 낮췄다.

"아직 말씀드리지 않은 마지막 보고가 있습니다."

온원탁이 바짝 긴장했다.

이어지는 말은 놀라운 것이었다.

"양수창이 붙잡힌 곳을 알아냈습니다."

온원탁이 벌떡 자리에서 일어났다. 그 떨리는 눈빛을 보며 양수가 고개를 끄덕였다.

드디어 흑도방에도 기회가 온 것이다.

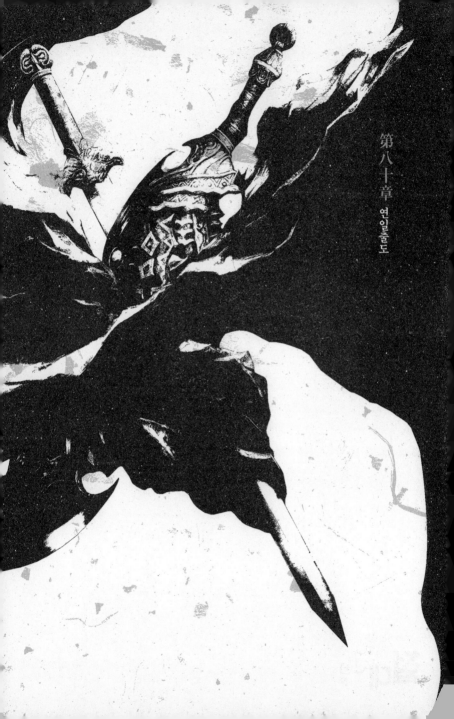

第八十章 연일출도

絶代
君臨
절대군림

태평루의 하루는 소문으로 시작해서 소문으로 끝난다. 오늘
도 중원의 새로운 소문을 두고 설왕설래가 한창이었다. 그중
가장 주목받는 소문은 단연 전쟁이 끝났다는 소식이었다.

"남악련이 북천패가의 영역에서 완전히 물러갔다고 하네."

"얼마 전만 해도 북천패가를 궁지로 몰았다는 소문이 돌더
니?"

"나도 그렇게 알고 있었네만, 돌연 남악련이 물러갔다고 하
네."

"도대체 어떻게 된 일일까?"

두 술꾼들의 대화에 옆자리 사내들이 끼어들었다.

"북천패가에서 암살자를 보내 양 련주를 암살했다는 소문이 있소."

그 말에 대화를 나누던 두 사내들이 깜짝 놀랐다.

"그게 사실이오?"

"그렇다고 들었소."

그러자 또 다른 자리의 사내가 끼어들었다.

"그게 아니라 북천패가의 임 공자가 그들에게 항복하고 남악련 아래로 들어갔다고 들었소."

이어지는 또 다른 소문들.

"정도맹이 개입해 두 단체를 화해시켰다는 소문이 있소."

"소림방장이 직접 나섰다고 들었소."

그야말로 열 명이 모이면 열 개의 소문이, 백 명이 모이면 백 개의 소문이 떠돌고 있었다.

전쟁 다음으로 무성한 소문이 하나 더 있었다.

"참, 그 이야기 들었나? 이번에 창천문에서 곡식을 풀어 가난한 이들에게 나눠 줬다고 하네."

"곡식을?"

"이번 전쟁으로 곡물 값이 세 배로 뛰지 않았나?"

"그랬지. 그 비싼 곡물을 그냥 나눠 줬단 말인가?"

"그렇다네."

"창천문? 처음 듣는 문파인데?"

"이번 천룡대전에서 우승했던 적 소협이 바로 그 창천문의 주인이라네."

"오! 정말인가?"

"그 양이 적지 않다고 들었네."

"젊은 나이에 대단한 결정을 내렸군."

"강호에 신성이 출현했네!"

다들 입을 모아 창천문을 칭찬했다. 몇 가마니 생색내기가 아닌데다 특히 전쟁 상황이라 그 선행은 더욱 돋보였다.

그 이야기를 듣고 있던 세 노인이 있었다. 양화영과 냉이상, 그리고 천무악이었다. 오랜만에 술이나 한잔하자고 나선 그들이었다. 들려오는 귀에 익은 이름에 세 사람의 표정이 밝아졌다.

"련이가 큰일을 했습니다."

냉이상의 말에 양화영이 흡족한 표정을 지었다.

"자고로 여인의 내조가 중요한 법이지."

벌써부터 내조란 표현을 쓰는 것이 우스워 냉이상이 껄껄 웃었다.

"하하하, 과연 그런 것 같습니다."

"흘려듣지 말게. 사내들이란 자고로 여자를 잘 만나야 하는 법이지."

"그건 여자들도 마찬가지 아닙니까?"

"여잔 사내놈들보다 강해서 괜찮아."

그 말에 냉이상과 천무악이 마주 보며 이 말도 안 되는 억지에 어떻게 반응할지 눈빛을 주고받았다.

"그러니 자네들이 아직 혼인을 못한 거야."

"그건 선배님도 마찬가지지 않습니까?"

"난 안 한 거고, 자네들은 못한 거고."

냉이상과 천무악이 말없이 동변상련의 마음을 담아 술잔을 부딪쳤다.

"그나저나 이제 어떻게 되는 겁니까?"

냉이상이 진지하게 물어왔다.

"뭐가 말인가?"

"이건이 말입니다. 풍운성과 남악련을 장악했다고 들었습니다. 이대로라면 사패통일도 먼일은 아닌 것 같습니다."

"녀석이라면 해내겠지."

"그다음은요?"

"……."

양화영이 대답 대신 술잔을 비웠다.

세 사람은 모두 알고 있었다. 천하일통의 가장 중요한 열쇠는 천하사패가 아니었다.

그들 뒤에 깊숙이 잠들어 있는, 아니, 잠든 척하고 있는, 구파일방과 사대세가, 질풍세가, 그리고 천마신교.

문제는 그들이었고, 진짜 상대 또한 그들이었다.

한참 만에 양화영이 입을 열었다.

"싸워야겠지."

간단한 대답에 오히려 냉이상이 침묵했다.

정말 양화영이 그렇게 생각하는지 그녀를 살폈다. 하지만 언제나처럼 그녀의 깊은 눈빛은 도대체 무슨 생각을 하고 있는지 짐작할 수 없었다.

"그들 모두와요?"

"암, 그들 모두와."

"어떻게요?"

"자넨 이건이가 그들을 이길 수 없다고 생각하는군."

"그렇지 않습니까?"

"그렇다면 자넨 왜 이건이를 돕는다고 했는가?"

"그건……."

냉이상이 대답을 하지 못했다.

솔직히 말하면 그 끝까지 진지하게 생각하지 않았다. 아니, 이건이가 어느 정도까지 가다가 멈출 것이라 생각했다. 아직 젊으니까. 하루에도 열두 번씩 꿈이 바뀌는 청춘이니까.

하지만 적이건이 우직하게 밀어붙이기 시작하자 걱정이 되기 시작한 것이다. 냉이상이 지난 이십 년을 적수린 일가와 함께한 것은 질풍세가와의 인연 때문이었다.

문득 질풍세가주 적풍양을 떠올렸다.

그는 자신이 아는 가장 완벽한 인간이었다.

그와 쌍벽을 이룬 천마 역시 비슷한 부류의 인간일 것이다.

아, 그리고 마지막 한 명, 바로 눈앞의 양화영이었다.

적이건이 이들을 이길 수 있을 거란 생각은 절대 들지 않는다. 세 사람이 서로 싸우지 않는 한 그들을 이길 수 있는 것은 오직 세월뿐이란 생각이 들었다.

비록 봉문을 했다지만 구파일방과 사대세가의 저력 또한 만만치 않을 것이다. 그것은 지난 정마대전에서 확인된 바였다. 부패에 연루되고, 위선에 찬 정파인들의 소식을 듣는다.

하지만 그건 바르게 사는 정파인들이 훨씬 많기 때문에 그런 것이다. 빙산의 일각으로 전체를 판단해선 안 된다. 만약 모든 정파인들이 그러하다면 이미 그들은 다른 이름으로 불리고 있을 것이다.

정파인들은 바르고 선한 이들이다.

…그래서 그들은 강하다.

적이건이 천하사패를 정리하고 나면 이제 그들과 맞붙어야 한다. 냉이상은 그것이 걱정되었다. 그때가 되면 자신은 어떤 입장에 서야 할까?

"마지막 순간이 오면 자넨 말리겠지?"

양화영의 물음에 냉이상은 아무 대답도 못했다.

"그래, 그렇겠지. 그게 자네니까."

냉이상이 술잔을 비웠다.

"선배님은 어쩌실 겁니까?"

양화영이 진지한 표정으로 숙고하는 척하더니.

"일단 소피 좀 누고 옴세."

"왜 하필 지금입니까?"

"자연이 부르는데 어디 정해진 시간이 있던가?"

양화영이 뒷간 쪽으로 난 복도로 총총히 뛰어갔다. 그녀가 복도 끝의 뒷간으로 향하는 문에 도착했을 그때였다.

그녀가 발걸음을 멈추었다. 그녀의 시선이 멈춘 곳은 밖으로 이어지는 복도 끝 쪽 문이었다.

그녀가 차가운 시선으로 닫힌 문을 쳐다보았다.

음식을 내가던 점소이가 발걸음을 멈추고 이상한 눈으로 그녀를 쳐다보았다.

점소이가 뭐라 한마디 하려는 그 순간.

번쩍!

무엇인가 눈앞에서 번쩍거려 점소이가 놀라 자빠졌다. 들고 있던 음식이 바닥에 쏟아졌다.

그가 본 것은 한 줄기 섬광이었다.

다음 순간.

스스스스스.

양화영이 노려보고 있던 문이 가루가 되어 사라졌다. 마치 애초에 문짝이 그곳에 없었던 것 같았다. 그녀의 손에 어느새 한 자루의 낫이 들려 있었다.

"어이쿠!"

겁에 질린 점소이가 바닥에서 버둥거렸다. 물론 그는 양화영의 안중에 없었다. 그녀가 천천히 문이 있던 곳을 지나 밖으로 나갔다.

애초에 그랬던 것처럼 그곳에는 아무도 없었다.

양화영이 고개를 숙여 바닥을 살폈다. 두어 방울의 핏방울이 떨어져 있었는데, 자세히 살피지 않으면 알지 못할 정도였다.

피를 손가락에 찍어 쪽 빨아먹은 그녀의 두 눈이 가늘어졌다.

"살짝 긁히고 피했단 말이지? 이거 재미있군."

하지만 말과는 달리 그녀의 자글자글한 주름이 만들어낸 것은 점소이의 두 눈을 질끈 감게 만든 섬뜩함이었다.

그곳에서 이백여 장 떨어진 곳의 지붕 위에 한 사람이 서 있었다.

엄청난 존재감의 그는 바로 연일이었다.

똑.

연일의 볼에서 턱을 타고 내려온 피가 한 방울 떨어졌다.

연일이 손으로 슥 피를 닦아냈다. 상처에도 그는 조금도 기분이 나쁘지 않아 보였다. 오히려 그는 웃고 있었다.

그때 방갓을 비스듬히 눌러쓴 사내가 그의 뒤에 나타났다. 놀라운 것은 깃털보다 더 가볍고 뇌전처럼 빠른 그의 완벽한 경신법이 아니었다.

바로 연일의 태도였다.

"오셨습니까?"

연일의 고개가 숙여졌다. 비연회주에게도 숙이지 않았던 그 꼿꼿한 고개가 숙여진 것이다.

방갓사내의 존재감은 연일보다 더 거대했다.

연일이 거대한 태산 같은 느낌이라면 방갓사내는 그 태산을 둘러싼 하늘이었다.

방갓사내가 가볍게 고개를 끄덕였다.

표현하지 않았지만 연일에 대한 예의가 느껴졌다. 두 사람은 기도로써 교류하고 있었다.

만약 지나가던 무인이 두 사람이 서 있는 모습을 우연히라도 보게 되었다면 그는 영원히 그 모습을 잊지 못할 것이다. 그만큼 두 사람이 내뿜는 기도는 엄청난 것이었다.

두 사람은 한동안 말이 없었다.

노을이 질 때까지 말없이 응시하던 방갓사내가 비로소 그 무거운 입을 열었다.

"이제 때가 된 것 같습니다."

명을 받겠다는 충성을 담아 연일이 고개를 숙였다.

다시 고개를 들었을 때 방갓사내는 이미 사라지고 없었다.

* * *

북천패가의 연회는 성대하게 펼쳐졌다.

자신들이 건재하다는 과시용 성격의 연회였기에 많은 강호의 명숙들이 초대되었다.

많은 사람들이 연회에 참석했다. 오랜만의 연회기도 했지만 그보다는 북천패가와 남악련의 싸움 결과에 대해 궁금한 것이다. 도대체 왜 이렇게 싱겁게 전쟁이 끝난 것인지 알고 싶은 마음에 모두들 연회에 참석했다. 게다가 북천패가의 연회는 예로부터 볼 것 많고 먹을 것 많기로 유명했다.

임하기는 후기지수들의 초대도 잊지 않았다. 사실 임하기가 과시하고 싶은 대상은 겉으론 웃고 있지만 속으론 자신을 멸시하는 강호의 늙다리들보단 한때 함께 술 마시고 놀던 후기지수들이었다. 그들에게 보여주고 싶었다. 이제 자신은 그들과 다르다고.

그곳으로 의외의 여인이 등장했다. 바로 설벽화였다. 여전히 아름다운 그녀의 미모에 지나가던 이들의 시선이 모여들었다. 언제나 그렇듯 그녀는 신경 쓰지 않았다.

그녀의 아버지는 연회 참석을 거절했다. 아버지도 오지 않은 연회에 참석한 이유는 한 가지였다. 혹시라도 적이건을 만날 수 있을까란 기대감 때문이었다. 차련에게 패배를 인정했지만 그렇다고 쉽게 잊을 수는 없었다.

적이건에 대한 감정은 더 커지지도 않고, 그렇다고 잊기도 힘든 그런 상태였다. 불쑥 생각나면 당장이라도 달려가 만나고 싶었고, 또 어떤 때는 며칠이고 생각조차 안 하고 지낼 때도 있었다.

'어차피 잊어야 할 사람인데.'

그녀가 가볍게 한숨을 내쉬었다.

'내가 지금 뭐 하는 짓이지. 돌아가자.'

마음은 그랬지만 발걸음은 떨어지지 않았다. 딱 한 번만 적이건의 얼굴을 보고 싶었다.

"오랜만입니다."

"여전히 아름다우시군요."

몇몇 후기지수들이 인사를 건네왔다. 낯선 얼굴들이 많았다. 용봉연이 벌어질 때만 해도, 사패의 후기지수들과 함께 어울렸는데 이제 상황이 많이 달라졌다. 그들의 얼굴을 찾아보기 힘들었다.

자신을 소개하며 많은 이들이 그녀에게 몰려들었다. 잘생긴 사내도 있었고, 요즘 무공으로 이름을 날린다는 사내도 있었지만 다 눈에 차지 않았다. 대충 인사를 받는 그녀는 귀찮았다. 알고 싶지도 않은 이들과 인사를 나누고 친한 척하는 것도 참으로 고역이었다.

그 와중에도 그녀의 시선은 주위를 살폈다.

하지만 적이건의 모습은 찾아볼 수 없었다. 그에 대한 몇 가지 소식을 들었다. 창천문주가 되었고 빈민들을 위해 곡식을 풀었다고 했다. 왠지 그와 잘 어울린다는 생각이 들었다.

'역시 오지 않나 보네.'

실망한 설벽화가 돌아서려던 그때였다.

입구 쪽에서 실랑이가 벌어지고 있었다.

"나도 들어갈 자격이 있다니까!"

"초대명단에 없으십니다."

"뭔가 착오가 있겠지."

반가운 목소리에 설벽화가 깜짝 놀랐다.

적이건이 입구의 무인과 실랑이를 벌이고 있었던 것이다.

그녀는 헛웃음이 나왔다. 이런 식으로 그를 만나게 될 줄이야.

설벽화가 그쪽으로 다가갔다.

"보안상의 문제로 절대 안 됩니다."

"너희 가주와 친하다니까!"

무인이 어이없다는 표정을 지었다.

"그 사람, 제가 보증하죠."

설벽화의 말에 무인의 태도가 바뀌었다. 설벽화의 신분은 오늘 손님 중에서도 최고에 속했다.

"아, 그러시다면."

무인이 흔쾌히 적이건을 통과시켰다.

적이건이 그를 보며 고개를 내저었다.

"이봐! 사람 차별하고 그러는 것 아냐!"

그런 적이건을 보며 설벽화가 피식 웃었다.

다른 사람의 이목 따위는 신경도 쓰지 않는 사내.

그럼에도 그에게는 함부로 대할 수 없는 위엄이 있다.

"잘 지냈어?"

적이건의 인사에 설벽화가 얌전히 고개를 끄덕였다.

자신을 이렇게 소극적으로 만드는 유일한 사내다.

"정 소저는 함께 오지 않았네?"

"요즘 돈 쓴다고 바빠서."

무슨 말인지 이해 못한 설벽화가 눈을 동그랗게 떴다.

차련은 여전히 총관 일에 푹 빠져 지내고 있었다. 돈을 버는 법을 배우기보단 돈을 제대로 쓰는 법을 먼저 배우라는 충고에 따라 그녀는 열심히 창천문의 살림을 도맡고 있었다.

적이건이 주위를 돌아보며 덧붙였다.

"게다가 이깟 연회, 그다지 정신건강에도 안 좋을 것 같고."

그 말에 설벽화가 피식 웃었다.

예전 같으면 절대 공감할 수 없는 말이었다. 이런 상류층 연회는 당연히 참석해야 한다고 생각하고 살았으니까. 그냥 가만히 있어서 강호에 유명해질 수는 없다고 생각하며 살았으니까. 비슷한 힘을 지닌 가문의 후계자들을 많이 알수록 내 힘이 커진다고 생각하고 살았으니까.

"그녀가 부럽군."

"왜?"

"그녀와는 달리 나는 이 별 볼일 없는 연회나 참석해야 하니까."

"그럼 안 오면 되잖아?"

참 남의 속도 모르고 말은 잘한다.

"그러는 너는 왜 왔지?"

"이런 데 오면 공짜로 맛있는 음식을 먹을 수 있잖아? 친구도 볼 수 있고."

"친구? 누구 말이지?"

"너."

"나?"

친구란 말에 기쁨과 서글픔이 동시에 밀려왔다. 그냥 잊어버려야 할 사람인데, 친구란 말에 감동이나 받고.

"흥! 친구란 뜻을 잘 알지 못하는군."

"친구끼리 그러지 말자고."

그렇게 실랑이를 벌이며 두 사람이 연회장 안으로 들어섰다.

연회장 안은 화려했다. 대청 사방으로 자리가 마련되었는데, 각기 강호의 배분에 따라 정해진 자리가 있었고 유명한 숙수의 귀한 음식들이 가득 차려져 있었다.

적이건이 재빨리 설벽화의 자리에 냉큼 앉았다. 피식 웃으며 설벽화가 나란히 앉았다.

"잔칫집에 왔으면 맛있게 먹어주는 것이 예의지."

적이건이 구운 소고기를 죽죽 찢어서 먹기 시작했다.

"캬, 맛있다. 술맛도 좋고."

설벽화와 동석인데다가 요란스럽게 먹고 떠드는 바람에 적이건은 금방 구경거리가 되었다. 설벽화는 예전 같으면 부끄러워서 절대 함께 앉아 있지 못했을 것이다. 하지만 이제는 달라졌다.

설벽화가 함께 음식을 먹었다. 적이건이 손으로 찢어놓은 고기도 먹었다. 오히려 주위의 시선을 즐겼다. 녀석과 함께 있으니 그런 시선도 즐거웠다.

'정말 좋아하긴 하는구나.'

그런 생각에 설벽화의 마음이 쓸쓸해졌다.

"요즘 정 소저와는 어때?"

"좋지."

"뭐가 그렇게 좋은데?"

"그냥. 함께 있으면 즐겁고. 그냥 생각만 해도 좋고."

설벽화가 입술을 살짝 깨물었다. 어떤 마음인지 안다. 지금 자신의 마음 같을 테니까.

그러지 말아야지 했지만 질투심이 나는 것은 어쩔 수 없었다.

적이건이 불쑥 물었다.

"넌 요즘 어때?"

설벽화가 살짝 당황했다. 자신의 마음을 들키고 싶진 않았다.

"좋아하는 사람이 생겼어."

"어떤 놈인지 봉 잡았네."

"정말 그렇게 생각해?"

"사내라면 누구라도 그렇게 생각해."

그 말에 설벽화가 자신도 모르게 한숨을 내쉬었다.

'너 하나면 되는데.'

북적대는 연회장이었지만 두 사람이 있는 주변에 유독 젊은 이들이 많이 모여들었는데 대부분 설벽화를 보려는 청년들이 었다. 지금 설벽화의 눈에는 그들 모두를 합쳐도 적이건 하나에 미치지 못했다.

자연 멀리서 손님을 맞이하던 임하기의 시선도 그곳에 쏠렸다.

"저 자식은!"

적이건을 알아본 임하기가 후딱 고개를 돌렸다. 일전에 적이건에게 된통 당한 적이 있던 그였다.

'왜 저놈이 이곳에?'

적이건의 실력을 알았기에 함부로 쫓아낼 수도 없는 노릇이었다.

게다가 함께 있는 사람이 설벽화였다.

'빌어먹을!'

왜 미녀들은 다 저놈과 어울리려 하는지 이해할 수가 없었다.

그때 적이건이 슬쩍 임하기 쪽을 바라보았다.

화들짝 놀란 임하기가 시선을 피했지만 이미 늦었다. 눈이 마주치고 만 것이다.

적이건이 손을 흔들었다. 임하기가 모른 척 인사를 무시했다.

그러자 적이건이 자리에서 일어났다.

'안 돼! 오지 마!'

적이건이 성큼성큼 걸어서 그의 곁으로 다가왔다. 그 뒤를
설벽화가 따라왔다.

"오랜만이야."

임하기의 옆에 서 있던 신검장주 고막정이 인상을 찡그렸다.

"무례하오."

"무례라니?"

"예의를 갖추시오! 이분은 대북천패가의 가주님이시오."

"난 대창천문의 문주인데? 내게는 왜 예의를 안 갖추나?"

창천문이란 말에 모두의 시선이 적이건에게 집중되었다.

"아, 그러고 보니 천룡대전에서 우승한 적 소협이시구려."

주위의 명숙들이 모여들었다.

"이번에 곡식을 풀어 빈민을 구제했다는 소식을 들었네."

"훌륭하신 일이네. 정말 장한 일을 했어."

북천패가 소속이 아닌 강호명숙들이 앞 다투어 창천문과 적
이건을 칭찬했다.

지켜보던 임하기의 배알이 뒤틀렸다.

임하기의 기분을 눈치 챈 고막정이 재빨리 나섰다.

"그렇지만 오늘 이 자리는 남악련을 격퇴해 물리치신 임 가

주님의 영웅적인 싸움을 기념하는 자리이지요."

그러자 적이건이 감탄한 얼굴로 소리쳤다.

"우와! 정말 대단한 일이었어. 한데 남악련은 어떻게 쫓아낸 거야? 산동까지 밀렸다더니."

모두의 시선이 임하기를 향했다.

그것은 북천패가 산하의 가주들조차 알고 싶은 일이었다.

임하기가 당혹감을 감추며 말했다.

"본 가의 기밀이다. 알려줄 수 없다."

"흐음. 혹시 비겁한 짓이라도 한 것 아냐?"

"무슨 헛소리냐!"

임하기가 버럭 소릴 질렀다.

"찔리는 것 있어? 왜 화를 내?"

"네놈 말이!"

임하기가 인상을 굳혔지만 더 이상 뭐라 하지 못했다.

정말 패 죽이고 싶었지만 능력 밖의 일이었다.

바로 그때였다. 뒤에서 누군가의 목소리가 들려왔다.

"과연 듣던 대로 창천문주의 입심이 대단하군."

사람들 사이를 걸어나온 사람은 바로 흑도방주 온원탁이었다. 그의 등장에 물길이 갈라지듯 사람들이 비켜섰다.

임하기가 정중하게 그를 맞이했다.

"방주께서 친히 왕림해 주시니 본 가의 크나큰 영광입니다."

"초대해 주어서 고맙네."

흑도방주의 등장에 모두들 동요했다. 목소리를 낮춰 일행들과 귓속말을 주고받았다.

그는 초대받은 손님 중에 가장 명성이 높은 인물이었다.

많은 사람들이 그에게 포권을 하며 인사했다. 온원탁이 일일이 포권하며 인사를 받았다.

임하기는 내심 놀라고 있었다.

자신들의 초대에 흑도방주가 직접 오리라곤 예상치 못했던 것이다.

흑도방주 옆에 일남일녀의 중년 남녀가 나란히 서 있었다. 그들이 바로 온원탁이 가장 신임하는 일월쌍륜(日月雙輪)이라 불리는 고수들이었다.

일월쌍륜은 무공 수위가 온원탁에 버금간다고 알려진 절대고수들이었다. 두 사람에 대한 소문이 많았는데 부부란 말도 있었고, 남매란 말도 있었다. 친구란 소문도 있었고, 원수지간인데 어떤 사연으로 함께 있다는 소문도 있었다. 아무튼 무공수위를 제외하곤 알려진 것이 없는 이들이었다.

일월쌍륜을 좌우로 거느린 흑도방주의 위세는 대단했다.

임하기가 어금니를 꽉 깨물었다.

'빌어먹을!'

지금 북천패가의 문제점은 저런 절대고수들이 없다는 점이었다.

과거 할아버지를 보위했던 천노와 단월, 대천회주만 있었더라도 이렇게 기가 죽지는 않았을 것이다.

자신이 가져야 할 것은 힘이었다. 이번에 남악련에 속절없이 밀린 것도 다 그런 절대고수가 없었기 때문이었다.

온원탁이 적이건을 보며 말했다.

"내가 누군지 알겠는가?"

그러자 적이건이 조금 심드렁한 얼굴로 대답했다.

"그 시커먼 의수를 보고 못 알아본다면 그건 흑도방주에 대한 실례겠죠?"

"으하하하! 과연 그렇군."

호탕한 웃음과는 달리 온원탁의 기분은 상해 있었다. 그는 자신의 의수 이야기를 꺼내는 사람을 매우 싫어했다.

"창천문에 대한 소문은 들었지. 어린 나이에 대단하더군."

적이건이 환한 미소를 지었다.

자신을 향한 온원탁의 적의가 느껴졌다. 자신 역시 호의가 담긴 웃음이 아니었다.

웃음 속에 감춰진 칼날, 그 소리장도(笑裏藏刀)의 세계가 바로 강호.

"한데 임 공자와 친한가 봐요? 다른 사패의 주인들은 오지 않았는데."

적이건의 물음에 온원탁이 망설임없이 대답했다.

"본 방은 지난 이십 년간 굳건한 우방이었던 북천패가의 위기를 그냥 지켜보지 않기로 마음먹었네."

그 말에 임하기의 표정이 일그러졌다. 위기란 말에 기분이 나빠진 것이다.

'젠장! 저따위 말밖에 못하나?'

아직 자신들과 작은 회담조차 가지지 않은 그들이었다. 그런데 벌써부터 자신들을 엄청 도와준 것처럼 생색내고 있는 것이다.

물론 그것이 온원탁이 직접 방문한 이유기도 했다.

온원탁이 임하기의 옆에 나란히 섰다. 그의 시커먼 의수가 임하기의 어깨를 잡았다.

"우리 흑도방과 북천패가의 의리는 영원할 것이오!"

북천패가의 몇몇 인사들과 흑도방의 몇몇 인사들이 박수를 치며 환호했다.

그 외 대다수의 사람들은 흥미로운 표정으로 두 사람을 지켜보았다.

"예상 밖인데?"

설벽화의 말에 적이건이 물었다.

"뭘 예상했는데?"

"과거의 북천패가를 생각하면 적어도 흑도방과 손을 잡을 것 같진 않았거든."

"과거는 이미 지나갔으니까."

두 사람을 바라보는 적이건의 눈빛이 빛나고 있었다.

설벽화가 조심스럽게 물었다.

"설마… 이 일에 관련되어 있어?"

적이건이 돌아보며 씩 웃었다.

"그럴 리가. 가서 고기나 먹자고."

왜 그런 생각이 든 것일까? 설벽화는 적이건이 이번 일에 관련이 있다는 생각이 들었다. 두 사람을 바라보는 눈빛에서 확실히 느낄 수 있었다.

"빌어먹을!"

꽈직!

내려친 일장에 탁자가 산산이 부서졌다. 또다시 임하기의 발작이 시작된 것이다.

연회는 여전히 진행 중이었고, 임하기는 잠시 옷을 갈아입겠다며 자리를 비웠다. 도저히 치밀어 오르는 분노를 참을 수 없었던 것이다.

연회 내내 온원탁은 흑도방이 얼마나 북천패가에 큰 도움이 될지를 반복해서 이야기했다. 돌려서 말했지만 결국은 자신들이 아니면 북천패가는 망했을 것이다란 말이었다. 듣고 있자니 속이 뒤집어졌다. 아직 임하기에게는 그런 온원탁의 말을 반격할 정치적 연륜이 없었다. 그나마 그 자리서 발작하지 않은 것이 다행이었다.

꽈직!

애꿎은 집기들만 부서져 날아갔다. 이럴 줄 알았으면 연회

따윈 열지 않았을 것이다.

"빌어먹을 새끼들!"

온원탁도 미웠고, 그의 말에 동조하며 앉아 있는 늙은이들도 싫었다. 적이건을 증오했고, 설벽화를 경멸했다.

정말 해서는 안 될 말까지 나왔다.

"연놈들을 죽일 수만 있으면 악마에게 영혼이라도 팔겠어!"

그때였다.

뒤에서 음산한 목소리가 들려왔다.

"진심인가?"

"헉!"

임하기가 깜짝 놀라 돌아섰다.

언제 들어왔는지 노인이 방구석에 우두커니 서 있었다. 연일이었다.

"다, 당신 누구요?"

"네 염원을 이뤄줄 사람이지."

임하기는 연일을 보는 순간 심장이 멎는 것 같았다. 기척없이 자신의 뒤에 나타났기 때문이 아니었다. 상대가 내뿜는 엄청난 존재감 때문이었다.

연일의 눈빛에 온몸이 발가벗겨져 해부당하는 기분이었다. 묻지 않아도, 겨뤄보지 않아도 알 수 있었다. 상대가 엄청난 고수란 것을. 자신이 지금까지 봐온 그 어떤 고수들보다 강하다는 것을. 자신에게 기연이 왔을지도 모른다는 생각에 임하기의 심장이 두근거리기 시작했다.

"그, 그게 무슨 말이오?"

"말하지 않았느냐? 네 소원을 들어주겠다지 않느냐?"

"어떻게 말이오?"

"그건 내가 알아서 할 문제지."

지금 임하기의 염원은 오직 하나였다.

"강해질 수 있소?"

"물론이다."

"얼마나 빨리 강해질 수 있소? 당신 밑에서 이십 년간 수련하란 말 따위를 할 것이라면 난 듣지 않겠소."

"후후후후. 그런 식이라면 나부터가 사양이다. 너 같은 더럽고 치사한 놈을 이십 년이나 가르치고 싶은 마음은 없으니까."

자신을 욕하고 있었지만 오히려 믿음이 가는 말이었다.

임하기가 재빨리 물었다.

"그럼 얼마나 빨리 강해질 수 있소?"

그러자 믿기 힘든 이야기가 나왔다.

"지금 즉시."

당장에 강해질 수 있다는 말에 임하기가 깜짝 놀랐다.

"어떻게 말이오?"

"두고 보면 알게 된다."

임하기는 이 믿을 수 없는 말을 두고 진지하게 고민했다. 상대는 분명 자신에게 헛소리나 늘어놓으려고 나타난 것이 아니다. 분명 강해질 수 있는 방법이 있을 것이다.

"얼마나 강해질 수 있소?"

임하기의 목소리는 떨리고 있었다.

"충분히."

임하기가 신경질적으로 소리쳤다.

"얼마나! 자세히 말하시오!"

"아까 네가 말한 그 연놈들을 모두 죽여 버릴 수 있을 정도
는 되겠지."

임하기의 두 눈이 욕망으로 번뜩였다.

이번 일로 깨달은 게 있었다. 자신의 무공이 뛰어나지 않으
면 북천패가는커녕 집구석의 낡은 도자기 하나 지킬 수 없다
는 것을. 그 모든 것을 누리려면 강해져야 한다.

"하겠소!"

임하기는 더 이상 망설이지 않았다.

순간 연일이 차갑게 웃었다. 그 웃음에 담긴 음험함에 임하
기는 온몸의 털이 곤두섰다.

꺼낸 말을 되돌리고 싶다는 생각이 들었다.

하지만 연일은 그런 기회조차 주지 않았다.

"들었나?"

연일의 말이 끝나기가 무섭게 무엇인가 임하기의 뒤에 나타
났다.

돌아서는 순간, 충격과 공포로 임하기의 두 눈이 부릅떠졌다.

무엇인가 임하기를 덮쳤다.

"으아아아악!"

임하기의 처절한 비명 소리는 문밖으로 흘러나가지 않았다.

연일이 나직이 말했다.

"…쉽게 이루는 모든 일은 반드시 대가를 치러야 하는 법이지."

"우와! 그게 정말이시오?"

"정말이라니까."

믿을 수 없다는 표정을 짓는 이는 용심방(龍心幫)의 후기지수 신안수(申安秀)였다.

"그러니까 해남의 여모봉(臝母峰)에 정말 대단한 미녀가 살고 있단 말이오?"

"몇 번이나 물어?"

물론 대답을 하고 있는 사람은 적이건이었다.

설벽화가 한심하다는 듯 두 사람을 번갈아 쳐다보았다. 설벽화는 신안수에 대해 잘 알고 있었다. 여자 밝히기로 유명했는데 언감생심 예전부터 자신을 어찌해 보려고 기회만 엿보던 녀석이었다. 물론 어림도 없는 일이다.

그런 그를 적이건이 가지고 놀기 시작한 것이다.

한눈에 녀석의 약점이 여자인 것을 알아챘는지 예쁜 여자 이야기를 살살 꺼내더니 결국 신안수의 눈을 벌겋게 달아오르게 만드는 데 성공했다.

"정말 그렇게 아름답단 말이오?"

"여기 벽화 정도는 되지."

"뭐요?"

신안수는 깜짝 놀랐다. 설벽화가 그냥 듣고 있다는 사실이 더 놀라웠다. 적이건의 말은 더욱 신뢰성이 있어 보였다.

신안수는 확신을 가졌다. 자존심 대단한 설벽화가 저런 이야기를 듣고도 가만히 있다는 것은 그녀도 아는 여자란 말이 아닌가?

"네게 특별히 말해주는 거야."

"정말이지 좋은 정보에 감사드리오."

두 사람의 대화를 듣고 있는 설벽화는 기가 막혔다. 머리가 나쁜 건지, 아니면 예쁜 여자에 눈깔이 돌아간 건지. 어찌 저렇게 순진하게 속을 수 있는지.

신안수가 자리를 뜨자 설벽화가 앙칼지게 말했다.

"흥! 벽화 정도는 된다고? 어디서 그딴 말을!"

"왜 이제 와서 화를 내?"

"아까 저놈이 미워서 그랬다. 그래야 저놈 해남까지 헛걸음시킬 것 아냐?"

"거짓말 아닌데."

"뭐라고?"

설벽화가 깜짝 놀랐다.

"그럼 거짓말이 아니었어?"

"응."

"거기에 정말 그런 미녀가 살고 있어?"

"그렇다니까."

"넌 어떻게 알았는데?"

"거기서 만났었지. 나 좋다고 쫓아다니는 통에 혼났지."

설벽화가 믿어야 할지 말아야 할지 난처한 표정을 지었다.

"그런데 왜 그런 미녀가 사는 곳을 알려줘?"

"그냥 저놈 여자 좋아하는 것 같아서."

설벽화가 버럭 화를 냈다.

"너 미친 것 아냐? 저놈이 얼마나 호색한인데? 저놈 때문에 인생 망친 여자가 한둘이 아니라고!"

적이건은 얄미운 표정으로 술을 홀짝였다.

"설마 거기까지 가겠어?"

"간다고. 저놈이라면 반드시 가. 그 여자 인생 망치면 네가 책임질 거야?"

설벽화가 한숨을 내쉬었다. 그러다 문득 뭔가 이상하다는 느낌이 들었다. 자신이 아는 적이건은 누구보다 똑똑한 사람이었다. 이런 실수를 저지를 리 없었다.

"뭐야? 뭔가 있지?"

"후후후."

적이건이 의미심장한 미소를 지었다.

"내가 왜 싫어서 도망친 줄 알아? 그 미녀에게 좋지 못한 취미가 하나 있더라고."

"그게 뭔데?"

"남자 내공을 빨아먹더라고."

"뭐?"

설벽화가 황당한 표정을 지었다. 잠시 적이건의 얼굴을 보며 그 말이 사실인가를 살피더니.

"호호호호호!"

설벽화가 통쾌하게 웃었다.

한마디로 그 색골 놈을 내공을 빨아들이는 마녀에게 보낸 것이다.

"둘이 잘 맞을 거야."

그 말에 설벽화가 더욱 크게 웃었다. 그녀는 주위의 시선은 아랑곳하지 않았다. 바로 이게 적이건이 좋은 이유였다. 그와 함께 있으면 재미있다. 이렇게 허를 찌를 때면 정말이지 너무 재미있다.

그때였다.

다시 임하기가 연회장으로 돌아왔다.

"어?"

임하기를 보는 순간, 적이건의 표정이 굳어졌다.

"왜 그래?"

"이상한 것 못 느꼈어?"

"아니?"

설벽화의 말에 적이건의 표정이 더욱 심각해졌다. 분명 임하기에게 어떤 이질감을 느낀 것이다. 모두가 느끼는 이질감이라면 오히려 아무것도 아닐 수 있었다. 하지만 자신에게만 느껴지는 이질감이라면… 뭔지 모르게 섬뜩한 느낌이 들었다. 분명 놈은 뭔가 달라졌다.

"하하하, 우리 임 가주께서 돌아오셨구려."

온원탁은 벌겋게 술이 달아올랐다. 그는 기분이 좋았다. 연회에서 자신이 얻어내려 했던 것을 모두 얻어낸 상태였다. 강호인들에게 자신들이 북천패가에 큰 도움이 되고 있고, 앞으로도 될 것이란 느낌을 확실히 전했다. 앞으로 북천패가의 흡수에 일단의 명분이 생긴 것이다.

그가 기분 좋게 임하기의 어깨를 감싸 안으려는데.

스윽.

임하기가 그의 손을 밀어냈다.

온원탁의 얼굴에서 웃음기가 사라졌다. 건방진 손길이었다.

'감히 내 손길을 뿌리쳐?'

온원탁이 임하기를 무섭게 노려보았다. 그러나 한 발 뒤로 물러선 것은 온원탁이었다.

무표정한 임하기의 두 눈에서 살기가 뿜어져 나왔다.

천하의 흑도방주 온원탁조차 한 발 물러서게 만든 그런 지독한 살기였다.

그 살기는 순식간에 사라졌다.

온원탁을 비롯한 근처의 몇 사람이 느꼈지만 이내 그것이 실재했는지 알 수 없을 정도로 평범한 모습의 임하기로 돌아왔다.

'분명 착각이 아니었다.'

그것을 증명하듯 뒤에 선 일월쌍륜의 기도가 달라졌다. 그들도 그 살기를 느꼈던 것이다.

임하기가 한옆에 마련된 단상으로 올라갔다.

"한 가지 발표를 하겠습니다."

모두의 시선이 그에게 집중되었다.

"지금까지의 용봉연이나 천룡대전은 반쪽의 대회였소."

이번에 용봉연과 천룡대전을 주최한 이들이 바로 북천패가였다. 그런데 자신의 입으로 그런 이야기를 꺼내자 모두들 흥미로운 시선으로 임하기를 집중했다.

"두 달 후 이 강호에 천하제일인을 가리는 진짜 무림대회를 열겠소."

진짜 무림대회란 말에 장내가 웅성거렸다.

"그게 무슨 말씀이시오?"

군웅들 중 누군가 묻자 임하기가 힘차게 말했다.

"구파일방과 사대세가를 모두 초대한 무림대회를 열겠다는 말이오."

일순 장내가 정적에 빠졌다.

다시 누군가 물었다.

"그들이 봉문에 든 이십 년 동안 단 한 번도 천룡대전이나 용봉연에 참석하지 않았소. 한데 이제 와서 참석하겠소?"

모두 같은 심정으로 임하기의 대답을 기다렸다.

임하기가 쩌렁쩌렁 큰소리로 말했다.

"그들은 반드시 참석하게 될 겁니다."

임하기의 시선이 적이건을 향했다. 겁이 가득했던 그 눈동자에는 이제 도발이라 불러도 좋을 자신감이 가득 차 있었다. 한 치의 물러섬이 없는 도도하고 오만한 시선이었다.

적이건은 확신했다. 임하기가 하려는 것은 천하제일인을 가리려는 무림대회가 아니었다. 뭔가 더 끔찍하고 위험스런 일이었다.

임하기의 눈빛이 그의 확신만큼이나 섬뜩하게 빛났다.

"구파일방과 사대세가의 봉문은 오늘까지입니다."

너 이 자식, 대체 무슨 일을 꾸미는 거야!

『절대군림』 9권에 계속…

가면의
눈매 퓨전 판타지 소설
레온

the Mask of
Leon

중원을 공포로 떨게 만든 희대의 악마, 혈마존.
그의 영혼이 기억을 잃은 채 차원 이동을 한다.

한 소년과 몸이 바뀐 후 깨어난 혈마존.
기억은 지워지고 싸가지없는 본성만 남았다!
욱할 때마다 튀어나오는 살벌한 말투와 그의 독자 무공.

'아, 나는 왜 이렇게 성격이 더러운가?
어째서 이리도 잔인한 기술을 알고 있는 것인가? 착하게 살고 싶다.'

살인광이었던 그가 전혀 어울리지 않는 대신관이 되기로 결심한다.
하지만 그 본성이 어디 가나……

"이런 빌어 처먹을 놈들, 신전에서 봉사 활동 안 할래?"

유행이 아닌 자유추구 -
WWW.chungeoram.com
Book Publishing CHUNGEORAM

임준욱 장편 소설

무적자

WITHOUT MERCY

그의 이름은 임화평(林和平)이다.
이름처럼 살기를 소망했고 그렇게 살아왔다.
그를 건드리지 말았어야 했다.
조용히 살게 놔두었어야 했다.

"너희들 실수한 거야.
내 세상의 중심,
내 평안의 근거를 깨뜨린 거다.
세상 전부와도 바꿀 수 없는……
알게 해주마, 너희들이 누구를 건드린 건지."

그의 고독한 여정이 시작되었다.

—오, 바라타족의 아들이여, 언제든지 정의가 무너지고 정의가 아닌 것이
판을 치는 때가 되면 나는 곧 나 자신을 나타내느니라.
올바른 자를 보호하기 위하여, 악한 자를 멸하기 위하여, 그리하여 정의를
다시 세우기 위하여, 나는 시대에서 시대로 태어난다.

〈바가바드기타 중에서〉

유행이 아닌 자유추구—
WWW.chungeoram.com
Book Publishing CHUNGEORAM

팔선문

정봉준 新무협 판타지 소설

『철산전기』의 작가 정봉준!!!
팔선문을 통해 또 다른 유쾌함을 선사한다!!

뛰어난 자질을 갖춘 팔선문의 대제자 유검호,
그의 치명적인 단점은 게으름과 의지박약!

천하제일마두의 기행에 재수없이 동참하게 된 의지박약아.
갖은 고생 끝에 가까스로 고향으로 돌아오다.

"무림? 그딴 건 개나 주라 그래. 나만 안 건드리면 돼!"

시간을 가르는 그의 행보에 무림이 뒤집어진다!!!

유행이 아닌 자유추구 ―
WWW.chungeoram.com
Book Publishing CHUNGEORAM

War Mage

워메이지

김재한 퓨전 판타지 소설

사람들이 인식하는 상식의 세계 이면,
짙은 어둠이 드리워진 그곳에 사는 괴물들이 있다

문명이 드리운 그림자 속에서, 전투기계들과
인간의 사념으로부터 태어난 마물들이 격돌한다.
마법과 주술이 난무하는 초현실적인 전장,
소년은 그곳에 서는 대가로 인생을 잃었다.
운명의 노예가 되어 가족과 인성을 잃어버린 소년, 진유현.

총염(銃炎)과 검광(劍光)이 뒤얽히는
어둠의 거리에서, 운명의 족쇄를 끊고 나온
소년의 눈이 살의를 발한다.

 유행이 아닌 자유추구 -
WWW.chungeoram.com
Book Publishing CHUNGEORAM